龙族传说

王者之争（上）

黄春华 著

长江出版传媒 | 长江文艺出版社

图书在版编目（CIP）数据

龙族传说 ：全二册 / 黄春华著. -- 武汉 ：长江文艺出版社，2023.4
ISBN 978-7-5702-2774-7

Ⅰ. ①龙… Ⅱ. ①黄… Ⅲ. ①幻想小说－中国－当代 Ⅳ. ①I247.5

中国版本图书馆 CIP 数据核字(2022)第 122958 号

龙族传说 ：全二册
LONGZU CHUANSHUO : QUAN ER CE

责任编辑：杨 岚 张艺臻　　责任校对：毛季慧
整体设计：一壹图书　　责任印制：邱 莉 胡丽平

出版：长江出版传媒 | 长江文艺出版社
地址：武汉市雄楚大街 268 号　　邮编：430070
发行：长江文艺出版社
http://www.cjlap.com
印刷：湖北画中画印刷有限公司

开本：880 毫米×1230 毫米 1/32　　印张：15.875
版次：2023 年 4 月第 1 版　　2023 年 4 月第 1 次印刷
字数：343 千字

定价：48.00 元（全二册）

人物简介

龙族

龙王：

大海的新霸主，神通广大，遇事从容不迫。对龙后情深似海，对子女严慈相济。但好面子，又易受人挑拨。致力于延续龙脉，却屡遭困难。还要应对海里的争斗。

亲亲：

龙王之子，也称“小黄龙”。自小养在鲨王家，与雪隙心意相通。他成熟稳重、机智果敢、重情重义。奋力维护鲨王和龙王的周全，却难以阻止两者的争斗……

若弦：

龙王之子，也称“小青龙”。自小养在龙王身边，却不学无术、懦弱无能，经常跟小蛇一起鬼混。他不仅因嫉妒诬陷小黄龙亲亲，还将魔爪伸向自己的父亲。

鲨族

古迪：

鲨王，大海的昔日霸主。既是把女儿宠上天的慈爱父亲，又是渴望霸权的海中强者。

雪隙：

鲨王独生女，被鲨王捧在手心。她古灵精怪、活泼可爱。与小黄龙亲亲心意相通、形影不离，视他为自己家的一份子。

莫迪：

鲨鱼族中实力排行第二。他心思缜密，满肚子阴谋诡计。对古迪表面阿谀奉承，实则欲取而代之；对龙王阳奉阴违，还离间龙王和亲亲的父子关系。

蛇族

舒拉塔：

蛇王之子，打探消息的能手。有一堆花花肠子，叛逆、不学无术。与小青龙臭味相投，经常有目的地与小青龙玩耍。

舒拉丝：

蛇王，依靠强大的信息网在大海占有一席之地。在龙族和鲨族之间左右逢源。虽武力值不高，却有着弯弯绕绕的心思，一肚子坏主意。

目　录

1 龙归大海

沧海横流之时，世界都隐藏在水面以下。

水面时而波澜不惊，时而巨浪冲天。风平浪静时，天是蓝色，水也是蓝色。波涛汹涌时，天空阴云密布，海面浊浪翻滚。

水上了无生趣，水下却是一个庞大的国度，生活着最古老的海洋生物。鲨鱼、海蛇、大虾……你能想到的都在。可他们谁也不是海洋的主宰，他们都得听命于从天而降的怪物。

怪物自称龙族，不过两名，龙王阳祖和龙后阴祖。龙王浑身金黄，覆盖着坚硬的鳞片，四只利爪刚劲有力，身长几十丈，头上长着闪闪发光的角。龙后浑身翠绿，其余和龙王相似，只是小了一号。

他们是在雷电千百万次击打之后，集万物之精华，慢慢凝结而成的。他们坠入大海之时，正是雷电交加，轰隆一声，海水被劈成两半，他们就从裂缝中钻进大海。裂缝迅速合拢，海底被彻底搅动了，鱼虾们感到了前所未有的动荡不安。

最为不安的是鲨鱼魔头古迪，他一直是海洋之王，有锋利的牙齿，粗壮的身体，以凶残著称。谁要敢违抗他的意愿，用不了多久，就会成为他的盘中餐。

他本来也想把龙王变成盘中餐，可是远远偷看，就估摸着

自己可能没有这么大的盘子。

龙王身体一摆，海底就会卷起巨大的漩涡。如果再多转两圈，龙王就能冲出海面，腾空而起，直插云霄。

古迪折回来，选了一个最精美的盘子，装上一堆食物，来到龙王面前，毕恭毕敬地献上，然后，说："我们盼龙王到来，已经盼了千百万年。龙归大海之时，大海就归龙王了！"

其余鱼虾一见这架势，也都纷纷上前献礼。大家无心考虑龙王到来是凶是吉，反正古迪有了对手，就是"海大"的喜事。

古迪倒是准备考验一下龙王的本事。他派了手下偷偷在南部海底不停地挖，洞越挖越深。手下并不知道最后能挖出什么，只是拼命地挖，一直挖到九九八十一天，才被迫停止。当时，最前面的一条鲨鱼感觉特别热，身体就像要燃烧了，他想后退，可是，后面被更多的鲨鱼堵住了，根本退不动。

这时，他看见挖出的洞口从黑乎乎慢慢变红，突然，轰隆一声，一股火焰喷射出来，眨眼间，就把他吞没了。火焰继续向外喷射，后面跟进的鲨鱼几乎无一幸免，全部化为灰烬。

这还没完，火焰喷射出来，海水被烧得滚烫，四周的鱼虾逃脱不及，死亡无数，尸体漂在海面，盖了厚厚一层。

火焰还在喷射，热浪迅速漫延。古迪慌忙跑到龙王面前，一副意外的神情，喊："快，快，地火出来了，不堵住，海就完了，全完了！"

龙王和龙后正在建造龙宫。龙后看了龙王一眼，说："你去吧，等你回来，龙宫就建好了。"

龙王看了鲨鱼一眼，说："好，我们走。"然后搅动一团巨浪。

鲨王转身刚准备带路，却不见了龙王。他连忙游出水面，才看见龙王已经游走在天上，速度真快，和闪电没什么两样。他张着大嘴，呆了好久，才缓过神来，又不见了龙王的踪影。他也施展本领，跃到水面，猛地摆动尾巴，肚皮就贴着水面滑行，速度奇快。

鲨王没有错过看好戏的机会。远远地，他看见地火已经冲出海面，映红了天空，心确实紧缩了一下。万一控制不住地火，后果就不堪设想。他的表情变得复杂起来。

这时，龙王已经到了火焰上方，在空中盘旋了一阵，突然，头朝下，对准火焰张开嘴，深吸气。火焰一下就被吸进了龙王的嘴里，源源不断，好像地火没完没了。奇怪的是，龙王的肚子也大得没底，吸再多的地火，还是原样。

不知过了多久，地火终于慢慢变细了。龙王趁势顺着地火的方向一头扎进海里。海面激起巨浪，一直冲到天上，像要把天空都射穿。

鲨王吓得浑身乱抖，转头想逃。半空中落下无数死鱼，砸在他头上，他渐渐地清醒了，决定留下来，看个水落石出。

他等海浪从天空落下，就猛吸一口气，把面前的死鱼虾吸进嘴里，一边大嚼，一边向前游去。

说来也怪，火焰一灭，海水马上就降温了。龙王扎进去的地方还在翻腾，形成一个巨大的漩涡。鲨王游到漩涡中心，潜到地火口，看见龙王已经堵好了洞口，一切都平静了，只是以前花花绿绿的海底变成了一片焦灰。

龙王望着眼前的惨状，深深地叹了口气。

鲨王挤出两滴眼泪，跑到龙王面前，悲悲切切地说："都怪我不好，没有让手下仔细巡查，才酿成了这种大祸……"

"以后你就多派一些手下来这里吧。"龙王丢下一句话，就游走了。他目光像闪电，一眼就看得出鲨王肚子里装着什么坏水。所以，从见第一面，他就不喜欢这个黑粗的家伙。

龙王回来，龙宫果然建好了，相当漂亮。多半都是龙后的创意，在不破坏海底植物的前提下，修建了迂回曲折的长廊，高大舒适的宫殿，还有好几间温馨的卧室。龙王满意地点着头，笑问："就我们俩，要那么多卧室干什么呀？"

龙后用尾巴抽了他一下，笑而不答。龙王心知肚明，龙后的身子一天比一天粗，谁都看得出来。

安稳的日子没过两天，北边海域又传来紧急情报，亿万年的冰山被撞开了，碎冰正在向南涌动。那些冰块带着亿万年的冷气，所到之处，鱼虾都被迅速冻僵。冰块又是相当坚硬锋利，所过之处，鱼虾非死即伤。

龙王这回为难了，他属阳性，对付火有一套。可是，对付冰，他就像火一样，会吱的一声，两败俱伤。

龙后看出来了，笑着说："这回该我出动了。"

"不行，你的身子……"龙王过于激动，腾空跃起，像尾巴被扎了一下。

"别忘了，我们来到海里，就是为了维护四方平安。"龙后用尾巴轻轻拍了拍龙王，"再说，我现在感觉挺好的，飞行，没问题。"

龙后说着，在水里绕了几圈。她感觉身体有点不适，特别是肚子在隐隐作痛。但为了不让龙王担心，她故意装作很轻松，还呵呵地笑个不停。

龙王不便阻拦，只能轻轻说声保重。龙后摇动尾巴，冲出水面，消失了。

龙王驻守在龙宫，心一直提着。他一会儿觉得左眼皮跳得厉害，一会儿又觉得右眼皮跳得厉害，等把双眼都使劲闭上，又觉得心跳得厉害。

担心的事终于还是来了。古迪闯进龙宫的时候，龙王就感觉到不妙。龙王瞪大眼睛望着古迪，不敢问。

古迪不慌不忙，抹掉两滴眼泪，故意让龙王看清。然后，他才说："不好，不好了……"

龙王实在受不了古迪的慢，就问："怎么，冰山堵不住？"

"冰山堵住了，只是龙后，她，她……"古迪总是把结果憋在后面。

龙王冲到古迪面前，问："到底怎么了？"

"你，自己看吧，她就在水面……"

龙王恨不得抓死古迪，说那么多废话耽误时间。他一纵身，冲出龙宫，来到海面。果然，龙后就漂在上面，艰难而缓慢地摆动着身子，一点一点向龙宫游来。她在不停地流血，血已经染红了她周围的海水。

龙王冲过去，抱住龙后，轻轻拍打着，问："这是怎么了？到底怎么了？"

"放心，冰山没事了。"龙后勉强笑了一下，"我差一点就对付不了呢，还好，我赢了……"

"别说话，我们回家。"龙王抱着龙后，慢慢游回龙宫。

龙后躺在床上，身子还在流血。古迪一直守在旁边，想看到最后的结果。

龙王狠狠地甩了古迪一尾巴，说：“走开！”

古迪这才不舍地出去。不过，他没有走远，而是贴着墙头偷听。

“我死后，一定要保住他们！”龙后急促地喘着气，指了指自己的肚子，“你知道该怎么做……”

“你不会死的。不会……”龙王痛苦地摇着头。

龙后没理会，喘了一会儿气，又接着说：“我在堵冰山的时候，不小心撞伤了，掉出了一个龙蛋。你一定要去找回来。”

龙王使劲地点头。好像他答应了龙后的要求，龙后就不会死了。

可就在龙王点完头时，龙后的身子突然一软，整个都松散下来。龙王扑上来，紧紧缠绕着龙后的身子，久久不放。世间的龙族只有两个，现在，龙后去了，龙王该是多么孤独呀！

他愿用一切换回龙后的生命，用天空，用大海，用整个世界……

2 寻找龙蛋

龙王沉浸在悲痛之中。外面的古迪却欣喜若狂，他听到了石破天惊的消息，有个龙蛋丢在了冰山旁边。他不能再犹豫，转头游走了。

古迪日夜兼程，游到了北方的冰山脚下。他抬头一看，呵呀，真是陡，陡得就像要倒过来。他不禁浑身抖动了一下：当初，他来撞开冰山的时候，冰山还很稳当，他只撞出一条小口子，就慌忙逃走了。现在，如果再撞，估计自己逃脱的时间也没有了。

他倒吸一口凉气，暗叹："龙后真是好本事呀！凭她天大的本事，照样一命呜呼了，嘿嘿！现在就剩下老龙王，谅他也撑不了多久。等彻底除掉龙族，大海还是归我的，哈！"

他越想越兴奋，禁不住用头触了一下冰山。感觉比石头还硬——看来比以前冻得更牢固了，难怪一接近就刺骨呢。

古迪是极少耐心的，他参观冰山的时间已经超出了极限。他烦躁地摆动两下尾巴，转头去寻找龙蛋。这对他并不是一件难事。他有极出色的鼻子，只要静下心来吸两下，就能闻出味儿来。他已经闻到了一种奇怪的腥味，这是他在海水中从没遇到过的，几乎可以断定，这就是他要找的东西了。

顺着气味，他快速游了过去。果然，就在不远处的石头缝里，躺着一个巨大的、暗灰色的蛋。他激动得浑身发抖，闪现的第一个念头就是：砸碎它，吃掉它！

他一头朝蛋拱去，蛋重重地撞在石头上，哐当一声，又落下来。他上前观看，竟无一丝损伤。他又用力拱了几次，蛋撞击石头的声音一次比一次响，可是，每次都是完好无损。

再拱下去，蛋不出问题，他的脑袋要出问题了。他不得不动用牙齿。蛋太大，他只能勉强咬住小端，猛地用力。嘎吱一声，他只觉得满嘴发麻，牙齿掉了好几颗。蛋依然没有一丝损伤。

他恼羞成怒，抱着蛋上蹿下跳，搅动海水掀起股股巨浪。他怎么也想不明白，他能对付整个世界，为什么偏偏对付不了这个蛋！

龙王一直守候在龙后身边。他知道，要想取出龙后身体中的蛋，就必须毁坏她的身体。有了龙蛋，龙族就有了后代。可是，龙王不忍，龙后的身体是他要用生命保护的，他怎么可以亲手毁坏呢？

好在龙后说过，还有一个龙蛋掉在了冰山旁边。只要找到那个龙蛋，龙族一样可以延续。

不过，他不能马上去找龙蛋，因为龙后在这里随时可能被侵袭。他屏息凝神，把所有的热都集中到鼻尖，轻轻地冲着龙后喷出。

奇迹出现了。龙后身边长出了许多奇异的花草，这些花草随着海水慢慢摇摆，不停地长高，不久就护住了龙后的身体。这些花草看起来和普通的海底花草没什么两样，可是，它们都蓄满了龙王的热量，没有龙王的许可，谁一接触，它们就会放出闪电，轻者受伤，重者毙命。

龙王这才放心地出了龙宫，向北边海域而去。

古迪正在和龙蛋较劲，闹得不可开交，突然感到海水有异样的晃动。他稍微冷静一下，定神感受，果然有一股强大的推动力从不远处来，海水正一浪跟着一浪冲击过来。他吃了一惊，因为他很清楚，这种神奇的力量只有龙王才有。

龙王一到，他就得乖乖地把龙蛋交出去。到那时，龙族就有了后代，他想称霸大海的愿望就遥遥无期了。

决不能交给龙王！古迪牙齿咬得咯吱乱响，尾巴急得左右乱摆，最后，他突然眼睛一亮，心生一计。

他看见冰山上面虽然坚硬无比，寒光闪闪，但山腰似乎有个黑点。那一定是个山洞，起码是一条裂缝。想到这里，他不敢再犹豫，抱起龙蛋就朝那个黑点游去。

黑点越来越大，游到近前，果然是一条裂缝。古迪一把将龙蛋塞进去，蛋太大，卡住了。他后退两步，猛地撞过去。龙蛋咯吱一声进去了，然后是一阵哐当哐当的撞击声。他听出来了，里面是一个无底的深渊，龙蛋在不停地下落，最后听不到回声了。

古迪嘿嘿笑了两声，说："我得不到，谁也别想得到！"

他慢慢地游下来，远远地就看见龙王冲了过来。

龙王看见古迪，也吃了一惊，问："你怎么在这里？"

"我在这里巡查。"古迪马上换成一副很悲伤的表情，"唉，龙后用生命凝固的这座冰山，我们不能让它再有半点差错呀！"

龙王能看出古迪是装出来的悲伤，真觉得恶心，又不好说什么，就没再理会，自己开始顺着冰山脚下寻找龙蛋。可是，他找遍了周围的一草一木，根本没见到龙蛋的影子。

龙王慢慢停下来，细细思量：难道是龙后搞错了？不会。龙后一直非常精细，生活中的许多细节她都能把握，何况是一个龙蛋，绝不会有误。但是，如果有龙蛋，会在哪里呢？

龙王忍不住看了一眼不远处的古迪。

古迪一直毕恭毕敬地待在一边，不敢作声，泡都不敢多冒。他一看到龙王在看自己，就以为得到了召唤，连忙游过去，问："龙王，有什么吩咐？"

龙王摇了摇头，若有所思地望着别处。

古迪不甘心就这样被晾干鱼，故作不知地问："龙王，你这是在找什么呀？"

龙王看了古迪一眼，话到嘴边又吞了回去。他不想把龙后最后的秘密告诉这个讨厌的家伙。他想了想，说："没找什么。我只是来看看这冰山是不是够坚固。"

"坚固，绝对坚固。我用头撞过，比我的头要硬一百倍呢！"古迪讨好地望着龙王。

"你用头撞过？"龙王奇怪地盯着古迪，"你为什么要这么做？"

"我，我，"古迪意识到自己说走嘴了，恨不得再把自己的嘴撞两下，"我是为了检验一下冰山，看有没有裂缝呀！"

"裂缝？"龙王轻声重复了一下，目光就移向了冰山，一眼就看到了远处的裂缝，然后游了过去。

古迪知道又说走嘴了，狠狠地把自己的嘴在冰块上撞了一下，就跟着龙王游了过去。

龙王在裂缝口盘旋了几圈，然后伸头向里张望。洞口太小，他的头根本伸不进去。

古迪吓得心都停跳了，浑身冰凉，止不住乱抖。

龙王突然回过头，问："这是怎么了？"

"冷，太冷了。"古迪使劲摇摆着身子，"我天生最怕冷，嘿嘿！"他想用笑来掩藏心虚。

"我是问这洞口，为什么有新鲜的裂痕？"龙王伸手抓起洞口的一块小冰碴。

冰碴反光，一道亮光直刺古迪的眼睛。他连忙一转头，避开光，不敢正眼看龙王，吞吞吐吐地说："也许，可能，大概的，当初就不牢固，自己脱落的吧！"

龙王把冰碴扔进洞里，听到里面清脆的撞击声越来越远，直到消失，就知道这是一个无底洞。也许龙后的蛋掉在了这个裂缝中，也就是说永远也无法找到了。龙王虽然有能力撑开这道裂缝，但这样做有可能让冰山再次崩塌。龙后不在了，那时，谁也阻止不了冰山入海。太可怕了，决不能冒这个险。

龙王犹豫再三，还是离开了冰山。龙蛋找不到，龙王只有回去按龙后的意思去做。可是，那是多么残忍。他宁死都不愿面对那一幕。

3 女儿出世

龙后的身边长出了一棵藤萝，和她的身体一样是绿色的。藤萝缠绕着龙后，就像另一条小龙。

龙王轻轻抚摸着龙后鼓胀的肚子，温柔地注视着龙后的脸，一切都是那样安详，仿佛她还活着，只是睡着了。龙王轻叹了一声："原谅我，我不能毁坏你，就让我们的宝贝蛋儿在你的身体里待着吧，永远待着。我会守在你身边，直到海枯石烂。"

这话可吓坏了外面偷听的古迪，他暗暗念叨："海枯了，我怎么办？"古迪一路游回家，愁眉不展。

母鲨雪迪过来安慰他，说："食物难得捕捉，就少捕一些嘛。别那么急，搞得浑身是伤。"古迪在冰山旁找龙蛋时折腾出的伤，雪迪以为是捕食弄的。

"去，去！"古迪身子一旋，尾巴重重扫到了雪迪，"你就别再给我添乱了！"

雪迪已经有了身孕，肚子鼓鼓的，被扫了一下，疼痛难忍，躺在地上直哼哼。好半天，她才缓过气来，说："我，我不是给你添乱。我们的宝贝快要出生了……"

"是呀，我怎么没想到呢？"古迪眼睛一亮，嘀咕，"她肚子里一定还有蛋！"

一个新的计划产生了，他一刻也等不了了，一转身，朝外冲去。

雪迪没听明白他在说什么，更不明白他要去做什么。她已经习惯了这种生活。在龙王到来之前，古迪是这里的主宰，他的意志不容更改，甚至不必解释，所有鱼虾只有执行的份儿，包括雪迪。龙王来了，古迪就变了，不是温柔了，而是更狂暴更神秘了。雪迪以前怀过几次孩子，都因精神过于压抑，没生出来。古迪为这事，一直很生气。可是，现在，为了对付龙王，他竟然连快出生的孩子也不放在心上了。

雪迪自从跟了古迪，就没敢笑过一声，只要他在，她气泡都不敢多冒一个。

雪迪天生一副漂亮的身材，长相出众，这就注定她要被最凶狠的古迪抢占。她没有想过其他的可能性，唯一的希望是生个孩子，让自己有一个甜蜜的寄托。

这一刻，孩子真的就要生出来了，她却惊恐超过了喜悦。因为她看见自己的尾部涌出了大量的血，这是刚才受到重击的后果，孩子要早产了。她清楚这意味着什么——鲨鱼族只要闻到血腥，就会不要命地冲上来。

她多么希望古迪现在能在身边，保护她和将要出生的孩子呀！可是，任她喊破了喉咙，也没有一丁点回音。

她只好警惕地挪过去，拼命拱一块石头，先把门堵住，然后，她吐着大气泡躺下。因为害怕，她几乎已经忘记了身体的疼痛。这时，她才感到比海水更浩大的疼痛漫过来，她只能用浑身的抽搐来抵抗。她的牙齿深深地咬进了自己的肉里，嘴巴淌着血，却浑然不觉。但她能清楚地感觉到自己身体的疼痛在一点点下移，最后，一个滑溜溜的小东西伴着最尖利的疼痛，掉落到地上。

她已经无力回头去看那小东西，虽然她盼这一刻盼了千年万年，但现在，她只是轻轻地瞟了一眼，头就重重地落到地上。泪水就在这个时候涌了出来，无休无止。她笑了，千年一遇的笑。她就带着这笑容，昏睡过去。

睡梦中，她又回到了自己的少女时代，又看到了爸爸妈妈……

什么东西触动了一下。雪迪猛地惊醒，呵，那小东西已经拱到她眼前，她清楚地看到了，是个宝贝女儿。她去回应女儿，用鼻尖，用脸庞，用脖颈……她恨不得把自己化作一团糊酱，紧紧地围绕住女儿的整个身体。

突然，门口的石头动了一下，又动了一下。

雪迪浑身一紧，警惕地望着门口，轻声喊：“古迪，是你吗？”

“是我，哈哈！家里好像有最鲜美的食物，把门封这么紧干什么？”是莫迪，这个平日里和古迪称兄道弟的家伙，雪迪早就看出来他一肚子坏水。

雪迪知道凶多吉少，咬牙游过去，抵住石头，说：“你，走开，古迪回来会要你的命的！”

“古迪？哦，他现在忙自己的大事去了，一时半会儿还回不来。”莫迪阴阳怪气地说，“再说了，古迪可是我的好兄弟，有美食一定会分享的。”

哇——哇——许多鲨鱼跟着起哄。

雪迪知道自己堵不住门了，回头看了一眼女儿，焦急地游过去，抱着她，轻轻将她放进一个石头缝里。她望着女儿，小声说："大海有灵，请保护我的女儿，让她千万不要出来！"

女儿似乎听懂了妈妈的话，睁着两只大眼睛，一眨不眨地望着妈妈。

轰隆一声，门口的石头被撞开了，莫迪领着一群鲨鱼冲了进来，将雪迪团团围住。

雪迪警惕地回过头来，望着门口，用身体护住石头裂缝。

血还在流，这让鲨鱼无比兴奋，他们个个吸着鼻子，哇哇乱叫。莫迪更是用力摆动着尾巴，惊叫着："哇，没想到会是这样，我们今天可以尽情享用大海里最美的鲨鱼了！"

"美，美呀，美——"鲨鱼们一起惊叫。

"还在等什么？怕硌了牙齿还是怕撑了肚子？"莫迪狂笑着冲上来。

鲨鱼们紧跟着一拥而上。

雪迪没有逃，她连动都没有动一下，定定地趴在石头裂缝处，让鲨鱼将她活埋。

4 龙后消失

龙王一直守候在龙后身边，心如止水。他知道，龙后是想让他毁坏她的身体，取出龙蛋，再静静地孵化一段时间，就会有小龙出世，龙族就有了希望。

当藤萝从龙后身边长出来，一圈一圈将龙后缠绕时，龙王就相信这是海的旨意，谁都不能去动龙后，那青翠的藤萝就是最好的保护神。多好啊，这正合了龙王的心意，他找到了理由，可以拒绝龙后最后的愿望了。现在他什么都不想要了，只要守着龙后，一直守下去。用他的话说，守到海枯石烂。

海没枯，石没烂，龙宫外面突然就传来一阵叫喊。一只无名鲨鱼闯进来，结结巴巴地说："报，报，龙王，在，在冰山，有，有，一个龙，龙，啊就蛋！"

龙王一惊，冲过来一把将鲨鱼抓起来，问："真的假的？"

"假假，假的。"鲨鱼浑身抖个不停，牙齿也在打架，"假的，我，我敢来，告诉你吗？"

"前面带路！"龙王一把将鲨鱼扔出龙宫。

鲨鱼一头撞在龙宫外的石头上，疼得乱叫："哎哟，妈呀，爹呀，奶奶呀……"边叫边往前游。他边游边心惊胆战地回头看龙王，不像是带路，倒像是被押送。

龙王无心看这个无名之辈，一心惦记着龙蛋。也许是大海保佑，也许是龙后灵魂闪现，几乎放弃的龙蛋居然又找到了。龙族有后代了，龙后可以安心长眠了！

龙王激动得每一片鳞甲都在颤抖，搅动着海水哗啦啦直响，泛起一层层白光。他恨不得腾空而起，冲出海面，飞向冰山。可眼前这个带路的鲨鱼只会摇动着小尾巴，摆动着胖身子，慢腾腾地往前游。

龙王心切，闪到鲨鱼前面，鲨鱼就会喊："慢点，慢点，快，快了，我，我，我会，迷啊就路！"

鲨鱼不紧不慢，龙王心都快熬出火来了，也不知游了多久，终于看到了冰山。鲨鱼突然停止不前了。

龙王一把揪住他，怒目圆睁，说："游不动了吗？要不要我把你扔过去？"

"不，不，不要！"鲨鱼惊恐地望着龙王，头使劲冲冰山摆，"就，就，在那！"

龙王望了望冰山，除了那道裂缝，什么也没有。他收紧了龙爪，咬牙切齿地说："你在耍我吗？我再用一点力，你就会粉身碎骨。"

"哟，哟，哟，骨，骨头疼瘪了！"鲨鱼痛苦地扭动着身子，"我耍，耍，耍你……"

龙王眼珠都快掉出来了，胡须重重地甩在鲨鱼的脸上，鼻孔吹出一串泡泡，说："你真敢耍我？"

"耍你就不是鲨鱼！"鲨鱼突然说了一句流畅的话，转头又卡壳了，"就，就，就在，那条，裂缝，啊就里。"

龙王将鲨鱼重重地扔下，鲨鱼着地，又反弹起来。鲨鱼疼得直叫："哎哟，妈呀，爹呀，奶奶呀……"

龙王可没心情听他把祖宗八代都喊出来，就厉声呵斥："你为什么不早说？那个裂缝谁也不能去触动，万一冰山再次崩塌，所有鱼虾将无一幸免！"

"我，这个，我，那个……"鲨鱼浑身乱抖。

龙王看着他一副可怜相，就不想再责怪他了，转过话头问："你确定龙蛋就在裂缝里？"

鲨鱼点头。

"你亲眼看见的？"龙王迫不及待地追问。

鲨鱼摇头。

"说话，别耍我！"龙王的利爪高高举起。

"不要，不要！"鲨鱼缩着头，连忙说，"鲨鱼族都，都，都这么说。"

龙王不想再多看这鲨鱼一眼，一甩尾巴，将他扫开。龙王回头望了一眼冰山上的裂缝，摇了摇头，猛地一纵身，冲出海面，飞上天空，向龙宫而去。

龙王离开龙宫的时候，古迪就躲在不远处。古迪是从雪迪身上找到了灵感，古迪看见她怀孕的身子，马上想到龙后肚子里一定也怀着龙蛋。他必须除掉这些祸根。

古迪知道龙王正沉浸在失去龙后的悲痛之中，悲痛会让脑袋糊涂。也就是说，这个时候对付龙王，是最容易的。他脑袋一转，就想出一个绝妙的主意，找来一个平时就结巴的鲨鱼，交代他怎么去做。他认为找一个结巴是最明智的选择，免得龙王盘东问西，没有两句就露了馅儿。

龙王一离开，古迪一刻也不耽误，侧身潜入龙宫。他并不急着直奔龙后，而是东张西望，尽量装出悠闲的样子。这是他第一次独自进入龙宫，感觉就像龙宫属于他了。在这里坐镇四海，真是威风八面呀！他忍不住笑出声来。

笑声被眼前的景象打断了。他看见龙后静静地躺在一张巨大的龙床上，四周长满奇异的花草，身上缠绕着翠绿的藤萝，神情安详，就像是在睡梦中。

他惊了一下，差点掉头逃走，定神一想：她死了。于是，他就壮着胆子往前靠近。

可是，他刚一触摸到那些花草，就感到一阵刺痛。他吓得缩了回来，围着龙后游了一圈，仔细观察了一遍，嘿嘿笑了两声，就游到龙宫门口。

他冲着门外发出一阵怪异的叫声，那是他的集结号。龙王虽然本事通天，但在海里，大多数鱼虾还是服从古迪。因为，在龙王冲进大海之前，他是海里的王。

一眨眼，鱼虾聚集到门前，都等着古迪的命令。古迪没有发布命令，他只是张大嘴巴，猛地一吸，鱼虾们就被纷纷吸进他的嘴里。然后，他转身游到龙后身边，对着花草一吐，那些鱼虾就落到花草上。

霎时间，一阵阵气泡冒出来，几乎什么也看不见了。等气泡渐渐消失，满地的鱼虾只剩下骨头架子，那些花草也都枯死了。但是，中间的龙后和那藤萝完好无损。

古迪一转身，猛吸一口，门外的鱼虾进到嘴里。他转头冲龙后吐去，可是，没有一只鱼虾能接近龙后。藤萝发出一道道刺眼的白光，像最坚硬的石壁，把鱼虾挡了回来。鱼虾落地，非死即伤。

古迪大吃一惊，知道这些小鱼虾对付不了藤萝，就唤来几头大鲨鱼，命令他们向上冲。鲨鱼们知道冲上去就是找死，但不冲，一定会死得更惨（古迪正露着白牙望着他们）。最后，他们不得不咬牙往上冲，可是，每一头冲过去的鲨鱼都被藤萝死死地缠住，进退不得，浑身乱颤，拼命挣扎，像遭到最锐利的电击。

这早在古迪的意料之中，他呼吸急促，密切注视着眼前的一切，等一头头鲨鱼缠满了藤萝，他知道时机到来了。他猛地冲向藤萝的根部，那里没有可以缠绕的藤萝，只露出光秃秃的一节。他就瞄准了猛地咬下去，没想到，硬得像石头，差点把牙齿咬掉几颗。

不过，他没有丝毫退却，这一次就算把牙齿全咬掉了，也要硬拼下去。他重新亮出牙齿，对准一个部位下口，一次、两次、三次……他的嘴巴冒着血，可他全然不顾，因为根部已经被他咬动了，每下一口，都在深入。

终于，根被咬断了。就在这一刹那，藤萝陡然枯萎、焦黄，像被火烧过的一样。几头鲨鱼趁机挣脱，顾不得遍体鳞伤，落荒而逃。

龙宫里又只剩下了古迪。他扬起冒血的嘴巴，望着失去藤萝保护的龙后，发出阵阵冷笑。他已经成功了，枯黄的藤萝没了任何威力，他咬住主干用力一拖，缠绕龙后的藤萝就全部散架了，纷纷脱落。

龙后一直是安详的，刚才的争斗就紧贴在她的身边，却像在千里之外。

古迪恨恨地盯着龙后，骂道：“死了还摆臭架子，我要让你断子绝孙。我倒要看看，谁是最后的大海之王！”

然后，他朝龙后冲过去，他要用尖利的牙齿撕碎龙后。

可是，就在他触到龙后鳞片的一刹那，龙后的身体猛地抖动了一下。他吓得缩回脑袋，眼睛越睁越大——不可思议的事情发生了。

龙后全身开始冒泡，白色的水泡越来越密，最后遮挡了视线。与此同时，一道道白光向四周扩散，瞬间灼伤了古迪。

古迪冲出龙宫，浑身被烤得焦煳，样子更加丑陋，把周围的鱼虾都吓得没了踪影。他原地转了无数圈，强忍住浑身的疼痛。他不想就这样离开，等了许久，见白光暗了下去，才探头往里望。

水泡渐渐停止，龙后已经消失了，床上只剩下两枚椭圆的龙蛋。

古迪顿时忘了疼痛，喜不自禁，一摇尾巴，冲了进去。已经没有什么可以阻挡他，他直扑两枚龙蛋，恨不得一口吞下去。

他的喉咙没那么粗，当然吞不下去，而且，他也知道龙蛋壳太硬，根本咬不动。他绕着龙蛋转了三圈，无从下嘴，气急败坏，猛一扫尾巴，将两枚龙蛋推下床。

龙蛋落地并不算太重，可就在这时，整个龙宫震动起来，仿佛有一股巨大的力量来自海外。古迪吓得目瞪口呆，不知龙族到底还有多少神秘的力量。

5 龙后托梦

“龙王回来了！”远处的海上传来了喊声。

古迪一惊，回过神来，望着地上两枚打不碎拍不烂的龙蛋，牙齿咬得咯吱响，急得尾巴乱摆，发出呼啦呼啦的声音。

这时，龙宫震动得更加厉害，海水涌进来，退出去，一浪接着一浪，像要把整个龙宫推翻。古迪摇摇晃晃，有点控制不住自己的身体了。他能感觉到龙王已经逼近，如果再不离开，可能永远就别想离开了。

古迪不甘心地望了龙蛋一眼，向门口游去。可是，龙王已经冲入海中，正向门口游来。古迪吓得差点抽筋，连忙转身四处寻找出口，竟没有后门。情急之下，他一头扎进墙脚的一个小洞口。

洞口太小，他勉强能把头伸进去。然后，他拼命往里钻，本来就伤痕累累的身体，被石头刮得血水直冒。他顾不得疼痛，猛烈地扭动身子，摆动尾巴，一点一点，终于钻了进去。

古迪的尾巴尖儿刚刚消失，龙王就冲了进来。

龙宫里一片狼藉，奇异的花草死光了，翠绿的藤萝枯黄脱落，散了一地，地上满是鱼虾的尸骨。最让龙王吃惊的是，龙后不见了。他睁大眼睛在龙宫里游走，不停地喊着龙后，可连龙后的一块鳞片也没见到。他回到床前，呆望着龙后躺过的地方，心如刀绞，头却麻木得用石头也砸不疼。好久，他突然大喊一声："龙后，你在哪里?!"他只觉眼前一黑，一阵白浪冲口而出，晕死过去。

古迪趁机钻出石洞，落荒而逃，快到家门口，心才稍微踏实一点，盼着一头扎里屋里，好好休整一下。可是，他刚冲进门，就被眼前的一幕惊呆了：雪迪被成堆的鲨鱼压在下面，血水染红了整个房间。

他大叫一声，猛扑过去，将鲨鱼一个个咬住，甩开。那些鲨鱼吃得正欢，只看见一头浑身血肉模糊的怪物冲过来，就一齐调头朝怪物攻击。古迪虽然身负重伤，但不愧为鲨鱼之王，他摆动强有力的头，把冲上来的鲨鱼撞得东倒西歪。

还是莫迪眼尖，最先认出了古迪。他躲在后面观察了一阵，估计这些鲨鱼都不是古迪的对手，心里就打起小算盘，眼珠转了三圈，想出一个金点子。他冲上去，猛地撞开几头鲨鱼，大喊："你们疯了吗？这是我们的大王！"

那些鲨鱼一惊，都呆住了，过了片刻，都喊着"饶命"，慌忙逃走了。莫迪虽然把心提到了嗓子眼，但他暗暗对自己说："镇定，要镇定。"然后，他来到古迪面前，摆着尾巴说："事情发生得非常突然，我来的时候，他们已经在疯狂地攻击雪迪了。我冲上来想阻止他们，可是，你知道，我没有那么强壮，不像你……"他看见古迪浑身是伤，就知道说错话了，连忙刹车。

古迪直直地盯着莫迪，一言不发。

莫迪一阵心慌，咧了两下嘴，说："你，不相信我？"

“我怎么能不信你?”古迪的话很重，好像是从喉咙深处爬出来的，“你走吧。”

莫迪摸不清古迪是什么意思，犹豫了一下，警惕地从他身边游了出去。

古迪一动不动，直到听不见莫迪划水的声音，才将浑身的弦陡然一松，扑到雪迪面前。雪迪动弹不得，只能眼睁睁地望着古迪，嘴轻轻抽动着，却发不出一点声音。

古迪想过去触摸她，又怕她疼，就只能近距离望着她，颤抖着嘴唇说：“对不起，我没有保护你!”

雪迪不能说话了，眼睛动了两下，眼神中没有丝毫责怪。

“我一直对你那么凶，其实，那不是真的。我那样做，只是为了让自己更像一个王。我内心里真的非常喜欢你!”古迪眼里涌出了泪，这是他第一次在雪迪面前流泪，当然也是最后一次。

雪迪很想告诉他一些什么，努力张嘴，可是，还是发不出一点声音。嘴巴猛烈地抖动了几下，她的眼睛就大大地睁着，再也不能动了，眼角挂着长长的泪。

古迪知道雪迪已经死了，心被刺了一下，呆呆地望着她，好久，他才从心痛中喘了一口气，然后低沉地吼叫：“阳祖龙，你害得我好惨呀!”那一刻，他心中充满了对龙王的仇恨。

有了恨，他似乎就有了动力，不再沉浸在悲痛中。他准备收拾雪迪的尸骨，好好清理一下房间。

就在拖动雪迪的时候，他突然听到了一阵细小的叫声：“啊呀——”

他吓了一跳，以为雪迪活着，细看，不可能。他摇了摇头，继续拖。这时，那细小的叫声又响起来了，好像就来自雪迪体内。他用力把雪迪拖开，这才看清在她的身下，有一个石头缝隙，那细小的声音就是从缝隙里发出来的。

他向里瞄了两眼，什么也看不清，只好用嘴巴对着缝隙，猛一吸气。一个小东西被吸出缝隙，进了嘴巴。他再小心翼翼地吐出来，眼睛一下亮了：那是一条刚刚出生的小鲨鱼。

“雪迪，你快看呀，你看见了吗？这是我们的女儿呀！”古迪想笑，嘴巴一抽，却哭出声来。

哭声吓坏了女儿，她也咿咿呀呀地哭起来。古迪连忙刹车，用鼻尖轻轻拱着女儿，小声说：“乖啊，爸爸在这里，不怕啊！一定是你妈妈把你放进了石头缝隙里，她用身体护住了你。我就给你取个名字叫雪隙，记住，你妈妈叫雪迪……”

渐渐地，女儿真的不哭了，她似乎听懂了，扭动着身子，往古迪的鼻子上凑。古迪觉得心中有一座千年的冰山在融化，化作柔柔的海水。

龙王苏醒过来，模模糊糊地看到两个椭圆的东西。他眨了眨眼，再看，就清楚了，是两枚龙蛋。

他心里一惊，竖起身子，凑近。没错，是龙蛋，是龙后留给他的最珍贵的礼物。他的身子开始抖动，伸手想摸龙蛋，又缩回来，怕会弄坏外壳似的。他伸长脖颈，仰起头，轻叹了口气，说：“龙后，我知道你在，你正看着我。你放心，我会用我的生命保护这两个小东西，让我们的小龙早日出世，龙族就有了新希望……”

龙王对着心中的龙后倾诉了一阵子，就觉得好多了。他振作精神，准备做一项最伟大的事业——孵龙蛋。

如果龙后在，事情就好办多了。因为龙后在生出龙蛋之后，体温会升高，每一块鳞片都像从岩浆里捞出来，烫得海水直冒泡。她用自己滚烫的身子捂住龙蛋，熬上九九八十一天，那时，体温会慢慢降下来。

坚硬的蛋壳会在八十一天之后裂开，小龙在里面一拱一拱，就伸出个小脑袋……

可是，这种假设已经不可能了。龙后不在了，龙王的身体不会升温，要孵出小龙，真是一个难题呢。

龙王绕着龙蛋游了几圈，小心翼翼地抓起一枚仔细打量半天，又用指尖轻敲几下，发出吭吭的响声。他摇了摇头，又放下了。

一筹莫展的龙王在龙蛋旁边趴下，望着这两个神奇又让他无奈的小东西发呆。

不知过了多久，海水突然开始动荡，龙宫外面有哗啦啦的响声。龙王连忙起身去看，刚到门口，差点惊得眼珠子都掉出来了。

龙后正在门外盘旋，一脸的平静。仿佛她从没离去，仿佛她一直在门外游弋……

龙王浑身抖动起来，想扑过去抱住龙后，永远不让她再离开。可是，他刚往前冲出一步，龙后就停止盘旋，很认真地说："别过来，你会把我冲散的。"

龙王吓了一跳，刹住，惊喜地望着龙后，不知说什么好。

龙后好像并不想听他说什么，先开口了，语气很平静："我走得太快了，忘了告诉你，我们的小龙蛋，全靠你了。你有一次机会，可以把小东西孵出来。去找太阳，用你的角抵住太阳，把热量传给小东西。不过，两个小东西不能离太阳太近，你得把他们夹在尾巴上，尽量伸长身子，让尾部离太阳远一些。记住，机会只有一次……”

海浪越来越大，整个海底在剧烈地震荡。龙后的身子跟着海浪一荡一荡，渐渐变得松散，就像她本身是一小块一小块的石头组成的。

龙王慌了神，连忙冲过去，想抓住龙后。可是，他抓到的全是海水，龙后就在他的指缝间滑落，散开，消失……

“龙后——”龙王拼命喊着，突然就醒了过来。

原来，刚才是一场梦。但一切又是那么真实，龙王能感觉到自己剧烈的心痛和猛烈的心跳。他猛地冲到门外，在四周快速游动，想找到龙后的身影。最终，他什么也没看见。

6 小青龙破壳

虽然是梦，龙王却把龙后的话记得清清楚楚。他正为怎么孵化两枚小龙蛋发愁，龙后就托梦了。他相信龙后没有走远，也相信龙后说的每一句话，他准备按龙后说的去做。

龙王从那天开始，每天要做的事，就是从海面探出头，仰望天空，观察太阳的情景。

太阳一直不软不硬，升起、落下，落下，又升起。这绝不是最佳时机。

龙王很清楚，龙是天空和大海最精华之物在雷电的千锤百炼之后，在几十万亿分之一的机遇中，才能结晶而成。所以，能够孵化小龙蛋的太阳，一定是与众不同的，甚至是亿年不遇的。

他耐心地等待着，每天在日出之前浮出海面，日落之后才潜入海底。他坚信，以他生命的长度，一定会遇到一轮卓越的太阳。

这一天并没有他想象的那么遥远，来得非常突然，甚至有些奇怪。龙王完全没料到会是这样的。他在海面守候了一整天，眼睁睁看着太阳又沉入海面。于是，他转头潜水，准备回龙宫，抱着两枚小龙蛋，安然入眠。龙蛋虽然还在混沌之中，但龙王早就把它们当作两个会说会笑的心头肉了。

龙王没有潜多深，突然就感觉身后一阵闪光。他吃了一惊，调头冲出水面，眼睛一下就直了。

就在刚才太阳落下去的地方，一轮太阳正在升起。现在可不是太阳升起的时候，而且那太阳是那么耀眼，光芒万丈，直入海底，超出平时千万倍。

龙王在心里轻轻对自己说："时机到了！"

然后，他没有停留，直入龙宫，抱着两枚蛋，冲出海面，腾空而起，闪电一般冲向太阳。

越接近太阳，光就越强烈，渐渐地，就看不见海和天了，只有白晃晃一片。温度也越来越高，龙王开始感觉到浑身发烫了。他停下来，望着前方。太阳就像一团熊熊燃烧的火焰，烤得每一片鳞片都发疼。

龙王终于明白了，这不仅仅是一次机遇，也是一次考验。以他的直觉，再往前进，身体就可能被烤焦、烤煳。但如果以此能换来两条小龙的生命，他是心甘情愿的。

他抖动两下身子，鳞片哗哗作响。他不再犹豫，抱紧龙蛋，冲着火一般的太阳飞去。

近了，又近了……龙王感觉到浑身被烤得疼痛难忍，甚至能听到鳞片被烤裂的噼啪声。他没有退缩，因为他看见了龙后，就在太阳的中心，她轻盈地盘旋着，等待着，微笑着，仿佛那里是一个无比清凉舒适的宝地。

龙王心里喊了一声："龙后，我来了！"然后，他把两枚龙蛋夹在尾部，尽量伸长身子，冲着龙后飞去。

龙王想伸手抱住龙后，想永生永世不分开，可是，就在他

的龙角触到太阳的一刹那，龙后突然消失了。一股钻心的烫从龙角瞬间传遍全身，龙王感觉自己已经被点着了，正在熊熊燃烧。

他拼命地伸直身子，忍住疼痛，大声喊叫："烧吧，烧呀，烧死我!"与此同时，他的身子不由自主地扭动起来，以此抵抗那灭顶的火光。

时间是那样难熬，就像石头缝隙里挤出的岩浆。烫啊，烫啊，烫得浑身都麻木了；木啊，木啊，木得浑身都僵硬了。不知过了多久，龙王渐渐感觉筋疲力尽了，尾部快夹不住了，两枚小小的龙蛋，此时竟像千钧巨石，拖得他身体直想往下坠。

如果现在就和两枚龙蛋一起坠落，恐怕时间还没到，有可能还是孵不出小龙，前功尽弃——不能冒这个险。可是，要坚持下去，他实在夹不住了。他不得不做出痛苦的决定，放弃一个。

他的尾部动了动，一枚龙蛋就滑落出来，瞬间消失在白光之外。他暗暗说着："对不起，对不起!"然后，咬紧牙关，准备用自己的死，换来小龙的生命。渐渐地，他终于抵不住浑身的烫，昏死过去。

醒来的时候，龙王发现自己躺在海底。他一惊，腾地爬起来，四处寻找。还好，那枚小龙蛋就静静地躺在不远处，只是表面好像已经有了裂纹。

龙王小心翼翼地游过去，好像稍微有点动静就会惊跑小龙蛋似的。他凑近了才看清楚，小龙蛋的表面真的有一条深深的裂纹。他担心地伸手去摸，尽量轻一些，就像怕碰疼伤口。

就在他的指尖触摸到龙蛋的时候，突然，一声咕叽传出来，他吓得连忙把手缩回来。不过，他能肯定，那声音就是从龙蛋里面传出来的。他既惊喜又焦急，看了看自己的指尖，犹豫了一下，又伸过去，轻轻触动一下蛋壳。

啪啪一阵响，蛋壳突然开始破裂，一块一块小碎片向外张开，形成一个不规则的洞口。洞口里面，一团嫩绿在拱动，就像种子破壳，啪啪几下，伸出一个绿色的小脑袋。

龙王眼睛都直了，那颜色跟龙后的一模一样，他轻叹一声："该不是龙后转世吧？"

龙王的手往前伸了伸，想帮忙，又不知怎么下手。事实上，小龙不需要帮忙，他不停地扭动身子，撑破蛋壳，就一点一点爬了出来。

小龙掉到地上的一刹那，龙王的心都醉了。多么可爱啊，浑身都是绿色，简直就是龙后再现。小青龙刚刚睁开眼睛，对一切都很陌生，好奇地打量着周围的一切，打量着龙王。

龙王眼里饱含热泪，侧头望着海面上。那里有太阳透下来的光芒，现在已经恢复平常的亮度，不那么刺眼了。但之前那惊心动魄的一幕，龙王无法忘却，他甚至在努力地想：龙后为什么会到太阳里面去呢？难道就是她化成了太阳的核心，才散发出万丈光芒吗……

小青龙爬到了龙王身上，亲昵地抱住龙王。龙王闭上眼睛，尽情享受这父子亲情。不过，龙王的脑袋在飞快地转动，他要给儿子取个名字——小青龙是龙族唯一的希望，就像一根细丝，延续着龙族的血脉——就叫"若弦"吧。

龙王轻轻喊了一声："若弦，我们回家。"然后，就背着小青龙，一起向龙宫游去。

一路上，海里的鱼虾都拥过来，齐声欢呼，祝贺龙王，祝贺小青龙。小青龙吓得趴在龙王背上发抖。龙王把儿子抱起来，笑着说：“别怕，大家都在祝福你，你就是未来的王。”

小青龙若弦听不懂，吓得哭了起来。龙王只好冲大家摆手，说：“谢谢大家的美意，小王子若弦有点承受不起了，请回吧！”

鱼虾纷纷散开，让龙王畅游过去。

回到龙宫，龙王陡然觉得这里不再冷清，有了儿子，心里就被填满了。他挑了一些奇怪的石头给儿子玩，又拣出一块空地给儿子做游乐场……忙碌了好一阵，最后，他决定把龙后躺过的那张床清理好，让儿子专用。

龙王抓起一把海草，来到床边。床已经很久没用了，表面盖了一层泥灰。他轻轻擦拭着，每擦一块，就会露出一块光亮的石面，没费多少工夫，床面就清理好了，已经能照出倒影。

他刚准备离开，突然就愣住了。他看见了自己的影子，但那是多么奇怪的模样啊，他都认不出自己了——脸上的皮肤已经有了明显的皱纹，胡须完全白了，龙角暗淡无光，身上的鳞片不再是以前的金黄，而是枯黄，好像轻轻一碰就会脱落……

龙王不敢相信，伸手拉住一根胡须，送到眼前，果然是白的了。他又摸自己的脸，还有身子，果然非常粗糙。一瞬间，他觉得浑身的力量都被抽空了，无力地趴在地上。

若弦游了过来，手里抱着一个小石头，直往龙王眼前推。龙王没在意，只是叹了口气，说：“你到一边玩去吧，我想休息一下。”

可是，若弦不停地把石头往前送，龙王不得不把注意力转过来。就在看清那小石头的时候，龙王惊了一下：多像一枚龙蛋呀！只是比龙蛋小了许多。

但这并不重要，重要的是，龙王突然想起了被丢弃的另一枚龙蛋。他来不及清理自己悲伤的情绪，背起儿子，说："好，我们出去玩!"然后，游出龙宫，来到他之前苏醒过来的地方。

他估摸着龙蛋应该就掉在这附近，于是，他四处游走，把方圆几百里都找了个遍，却没见龙蛋的影子。最后，他只能停下来，望着无尽的海水，默默地念："对不起，真的对不起呀!"

7 捡到龙蛋

自从有了雪隙，古迪感觉平静多了。他一边养伤，一边享受着和女儿在一起的快乐时光，似乎已经忘记了外面的纷争。

女儿在一天天长大，从她身上，古迪能看到雪迪的影子。这让他无比惭愧，他暗暗地想：我要用全部的生命来呵护女儿，要把全部的爱都给她。这样也许能弥补一点内心对雪迪的愧疚。

但是，他极少出门。他知道外面危机四伏，女儿还太小，带出去，稍不小心，就可能发生意外。所以，他每天只带着女儿从前厅玩到后院，女儿吵着要出门，他就想着法找些新鲜玩具哄着她。

女儿极乖巧，不哭不闹，顶多只是瘪瘪嘴流几滴泪，或者干脆躺下睡觉。

女儿越是乖，古迪越是心疼。他常常趴在地上，让女儿骑，躺在地上让女儿在他肚子上跳舞。可是，屋子里毕竟就屁股大一点地方，怎么玩都不畅快，而且他能清楚地感觉到，女儿玩耍的热情一天不如一天了。女儿在想外面的世界——他比谁都清楚。

这天父女俩又玩耍了一天，晚上，女儿累了，刚刚睡着，古迪也准备挨着她躺下。就在这时，奇怪的事出现了：外面突然天光大亮，好像眨眼之间，黑夜就过去了。

古迪惊得爬起来，到门口张望，更奇怪了：亮光从海面透射下来，远远超过了白天的亮度。

他心里一紧：一定发生大事了！

他回头望了望熟睡中的女儿，过去围着她游了三圈。这时，外面传来轰隆隆的响声，海水开始涌动。他担心地望着女儿，生怕她会醒来。

还好，她小小的身子虽然随着海浪一歪一歪，但一点也没惊动她的梦，似乎更享受了。

古迪没有再犹豫了，他决定出去看个明白。出门之前，他找来一些海草，轻轻地盖在女儿身上，直到女儿被全部掩藏，他才转头游走。

古迪来到海面，想看到底发生了什么事。可是，天空一片白亮，什么也看不见。更要命的是，那白光刺得他眼睛生疼，根本无法抬头。他只好潜入水中，隔着深深的海水，那光才减弱了一些。

这是从来没有遇到过的景象，鱼虾们都吓得躲在洞里不敢出来。有些胆大的一开始也探头出来，可是，还没等浮出海面，就被那刺眼的白光吓了回去。

古迪不想回去，他想留下来再观察一下。于是，他躲到一块礁石后面，仰望着海面。礁石很大很结实，万一发生什么事，可作为一道不错的屏障。

突然，海面上的光似乎更加强烈了，海水猛地摇晃起来，像要把海底掀翻。古迪紧张地注视着海水，身子小心地贴着礁石，心中充满了恐惧和茫然，不知这世界是要重生，还是要毁灭。

没过多久，海面传来一阵巨响，一个重重的东西从天空砸了下来。海水有一阵摇晃得更加厉害，就在摇摆不定的海水中，古迪看见一个东西在下落，一直落到海底。因为太远，只能看到黑乎乎的一团——会不会是太阳上掉下来的一块石头——不管是什么，一定是个不平常的东西。

又过了好一阵子，光慢慢变弱，恢复到平常的亮度，海水也平静下来。古迪本来想直接回家，又不甘心，就壮着胆子朝刚才掉下来的那个东西游过去。

他很小心地接近，探头张望。那东西砸坏了一片海草，正潜藏在杂草中，若隐若现。

古迪有点害怕，万一是个厉害的家伙，冲过来要了自己的命，怎么办？但他实在不甘心，又壮着胆子靠近了一些。他已经看到了那家伙，从水草中露出了一点光溜溜的——也许是头顶吧。

他咯咯叫了两声，想引出那家伙。可是，那家伙一动不动。据说世界上最凶猛的东西都是这样潜伏不动。古迪犹豫了，现在逃还来得及。

可是，那家伙到底是什么呢？古迪太想知道了。他眼珠转了转，有了主意。他稍微向后退了一点，咬紧牙齿，猛地向前冲去，从那家伙的头顶掠过。他浑身的每一个细胞都是紧缩的，等划过那家伙好远，他才敢回头看。

那家伙还是一动不动。古迪这回胆子更大了，转身游回来，靠近水草细看——好像是个没有生命的家伙，应该就是太阳上掉下来的石头吧。

他小心翼翼地扒开水草，心就怦怦乱跳起来，不是害怕，而是激动。这不是什么太阳上掉下来的石头，而是龙蛋。

他警惕地望了望四周，没有龙王的身影。于是，他二话不说，抱起龙蛋，就逃也似的回家了。

他一路狂游，直接进了自家后院，把龙蛋安放好，心还怦怦直跳。他用头使劲撞了两下墙，才让自己冷静下来。

折腾了一阵，古迪累坏了，准备好好睡上一觉。可是，他刚到床边，就惊呆了——刚才盖住女儿的水草被扯得零乱，女儿不见了。

他连忙屋前屋后地找了个遍，乖乖宝宝喊个不停，可是，没有一点回音。他真的慌了神，冲出家门，四处寻找。

海面的光亮减弱之后，鱼虾们就出洞了。古迪一路打听，大家都告诉他说，莫迪带着雪隙往前面去了。

古迪倒吸一口凉水：莫迪是个什么东西，古迪心里最清楚。如果按莫迪的所作所为，古迪早就该杀死他一千次了。古迪一直留着莫迪的命，主要是觉得莫迪凶残奸诈，是一个最得力的助手。特别是龙王入海之后，古迪对莫迪更器重了。因为古迪很清楚，没有莫迪，他是无法和龙王争斗的。

但无论如何，他不能容忍莫迪打女儿的主意。如果女儿有个三长两短，他一定要将莫迪碎尸万段！

古迪的牙齿咬得咯吱直响，他全速向前猛追了一阵，远远地就看到了莫迪。他冲过去，厉声喝道："莫迪，我女儿呢？"

莫迪吓了一跳，转过身来望着古迪，一脸的惊讶，结结巴巴地说："女儿，女儿……"

古迪扫了一眼，没看到女儿，就一下把莫迪顶在礁石上，说："我一口能把你的心挖出来，你信不信？"

"信，信。"莫迪慌忙指着一旁，"可是，你女儿不在我心里，她在那里玩耍呢。"

古迪侧头一看，果然见女儿正在不远处的石壁下。他又倒吸一口凉水，放开莫迪，冲向女儿。因为他知道，那是个极危险的地方，石壁下满是海蛇的洞穴。海蛇虽然对古迪唯命是从，但他们只要一口就能夺走雪隙的生命。他们一向喜欢吃鲜嫩的食物，特别是鱼虾的幼仔……

古迪不敢多想，拼命喊叫："雪隙，快过来！"然后猛冲过去。

雪隙正在石壁下开心地玩耍，她很少出门，对外面的景色非常好奇，特别是这道石壁，对她来说，简直就是奇观。

蛇王舒拉丝早就看到了这个鲜嫩可口的小鲨鱼，他舔着口水来到洞口，准备冲出去美餐一顿。可是，他突然看到了不远处的莫迪，就犹豫了。他倒不是怕莫迪会来保护小鲨鱼，而是深知这家伙一肚子坏水。

舒拉丝早就听说古迪有一个女儿，想必眼前这个就是。因为他从小鲨鱼身上看到了雪迪的影子。这就更引起了他的警觉：莫迪把古迪的女儿放到我的门口，是想让我吃了她，然后，我就吃不了兜着走了。嘿嘿，好毒的计呀！他想嫁祸于我，没门！

舒拉丝的儿子舒拉塔挤上前来，不停地叫："爸爸，爸爸，我要吃，吃呀！"

其实有许多蛇都从洞里探出了头，对眼前的美餐垂涎欲滴，但一看到舒拉丝，都不敢向前了。

舒拉丝拦住儿子，小声说："你不知道呀，有些美餐比毒药还毒呢!”

就在父子俩讨论美餐和毒药的时候，古迪冲了过来，将雪隙带走了。

雪隙本来玩得很开心，被爸爸一搅和，吓了一大跳，还扫了兴致，就大哭起来。

古迪不管不顾，带着她就往回游去。经过莫迪的时候，古迪狠狠地瞪了他一眼，什么也没说。

莫迪倒是一脸的委屈，说：“是雪隙哭着喊着要我带她出来玩的，可别好心当作了‘蛇’肝肺了……”

古迪尾巴用力一搅，掀起一大股浪，把莫迪的声音远远地甩在身后。

8 他的名字叫亲亲

古迪惊出一身冷汗，再不敢有半点大意，时时刻刻都把女儿带在身边。无论是在家里，还是出门巡游，他都和女儿寸步不离。

雪隙跟着爸爸巡游的时候，看到那么多可爱的小鱼小虾，非常想跟他们一起玩耍。可爸爸一直监视着她，不让她离开半步，并且警告她，说到处都有危险，谁都可能是凶手。

爸爸的目光是那样严厉，就像一根绳子，把她紧紧地捆在身边。她变得闷闷不乐。

爸爸看在眼里，急在心里，想尽办法逗乐。他趴在地上做各种滑稽动作，打滚、咧嘴、摇头、摆尾、抖身子……

可是，雪隙早就看腻味了，总是在爸爸表演的过程中，打两个哈欠，头一歪，就睡着了。

爸爸绞尽脑汁，实在想不出什么好招了，只好故作神秘地说："走，我们到后院去看一个特别好玩的东西。"

女儿被爸爸的表情吸引住了，跟着来到后院，看见爸爸慢慢地扒开一片海草。她连忙凑近，以为会有一个稀奇古怪的玩具，结果露出来的是一块大石头，形状接近椭圆。她大失所望，转头就要游走。

爸爸连忙把女儿拉住，说："别慌着走，听我说呀，这可不是一块普通的石头，我亲眼看见它从太阳上面掉下来的，应该叫太阳石。"

"太阳石？"女儿果然被吸引住了，"你说它不是海里的石头？"

爸爸终于抓住了女儿刚刚燃起的一点兴趣，使劲点头，一脸的笑。

女儿回头打量了一眼那石头，又摇头了，说："可是，看不出它有什么不一样呀！"

"不一样，绝对不一样。"爸爸用尾巴敲了敲那石头，"它根本就不是石头，在它里面藏着一个非常可爱的小东西，就像你一样，非常可爱！"

女儿眼里又闪出了亮光，她围着石头游了一圈，将信将疑地望着爸爸，问："没有裂缝呀，你怎么看见的？"

"我，我……"爸爸犹豫了一阵，"我不是看见的，我听见他在里面说话了。"

女儿不再多问，把头贴在石头上，可是，静静地，什么也听不见。她抬头望着爸爸，一脸焦急地说："你把它咬开，我要看里面！"

爸爸愣了一下，马上笑了起来，说："海里的石头，我一口就能咬碎。可是，它是太阳石，我的牙齿没有它硬呢。"说着，他还用牙齿在石头上磕了两下，除了吭哧两响，表面没有一点咬痕。

女儿惊讶地望望石头，又望望爸爸的牙齿，急得身子乱摆，问："怎么办，这可怎么办？"

“别急，别急！”爸爸轻轻拍了拍女儿，又拍了拍石头，“你呀，要慢慢地跟他说话，陪他玩，等他真正喜欢你了，他就会从里面钻出来。”

女儿的眼睛又开始闪亮了，她拍打着水，说：“太好了，太好了，我一定会让他喜欢我的。”

爸爸望着女儿快乐的样子，总算松了一口气。他其实很清楚，这一切都是胡扯，但活在快乐的谎言中，总比活在真实的痛苦中要好吧。他的目标只有一个，就是让女儿快乐。

女儿真的快乐起来了。她每天哪里也不想去，就守着太阳石玩，一会儿对着它跳舞，一会儿对着它唱歌，有时候还和它说悄悄话呢……

爸爸看在眼里，又有了一丝担心：万一哪天谎言被戳穿了呢？万一哪天她厌倦了呢？

不过，这种担心有点多余。女儿似乎永远没有厌倦的时候，她一天比一天更喜欢石头，有好多次，她玩累了，干脆就趴在石头上睡着了。爸爸准备抱她到床上去睡，可刚一伸手，她就惊醒了，吵着不肯离开。

爸爸就哄她说：“乖女儿，先到床上睡觉，睡好了再来玩。”

“不嘛，我就在这里睡，睡着了还能听到他说话呢。”女儿非常坚定。

爸爸不知她说的是真是假，心里却生出了另一种担心：这可怎么办？女儿已经有了心魔。当初本来是为了逗她开心，随便编了个谎言，谁知她真信了，还信得这么深。现在想把她从谎言中拉出来，还真有点难呢！总不能对她承认这本来就是个谎言吧。但是，要让她从这谎言中出来，必须再用另一个谎言——谎言套谎言，这不是更可怕吗？这不是很残忍吗？——更何况一时还想不到什么像样的谎言能去套她出来呢！

爸爸正为最初的谎言后悔，可是，他没料到，更不可思议的事发生了。

那天，女儿在后院和太阳石玩得挺好，爸爸就到前厅思考自己的大事。鲨鱼世世代代都是海洋之王，可是，到了他这里，竟从天上闯来了神通广大的龙，本事远在他之上。这个世界是能者为王，他只好让出王位。就算他不肯让，那些鱼虾也不会再认他为王了呀，这是谁也改变不了的事实。

就这样丢了王位，他死也不甘心。所以，他没有一刻不关注龙王的动静。那天，龙王举着一条小青龙回家的时候，他虽然没有加入欢迎的队伍，但也躲在石头后面看得清清楚楚。他心中一喜一忧，喜的是龙王突然之间已经苍老了，用不了多久，就会成为淘汰货；忧的是龙族又有了新成员，这小家伙一长大，麻烦就大了。他咬牙切齿地咒道："小青龙，别长大，永远长不大！"

咒语没有奏效，似乎还起了反作用。近些天，那小青龙就像泼了大粪的海草，一天一大截地往上蹿，照这样下去，用不了多久，就能接龙王的位了。到那时，他就更无望了。

就为这事，他愁得肠子都打了结，把自己关在屋里，脑袋都想开了裂缝，还是没有一丁点儿办法。

女儿可没这么多愁。她有的是快乐，快乐的源泉就是这块太阳石。她一点也不怀疑里面藏着一个可爱的伙伴，这伙伴也许在里面躺了一千年一万年，只等着她来唤醒。她早就给伙伴取好了名字，每次就轻轻地喊："亲亲，你在里面干什么呢？亲亲，你在里面那么久了，很孤单吧？亲亲，感觉到孤单了，就出来吧，我和你玩……"

她这样喊着，心就不孤单了，因为她相信，亲亲早晚有一天会出来，会和她在一起。

有时，她真的就听到了亲亲的回应，一点摇动，或是一点叫声——也只有她能听见。好几次，她拉着爸爸来听，爸爸很想听到，紧闭嘴巴，把脖子都憋粗了，还是摇头，说什么也听不到。

这次有点不同，太阳石摇晃得比以前都明显。她惊喜地叫起来："爸爸，快来，看呀！"

爸爸已经习惯了女儿的惊叫，这次没挪身子，正趴在门口向外张望。远处，小青龙正跟着老龙王巡游，所到之处，鱼虾都呈欢迎状。就连蛇王舒拉丝也带着儿子舒拉塔凑热闹，混在鱼虾群里欢呼——真是可耻可恨的家伙！

爸爸恨得只想撞墙，哪还会在意女儿的叫声。

女儿想去拉爸爸过来，刚转身，就听到啪啪几声响。她连忙回头，惊呆了：太阳石裂开了，裂缝中冒出了阵阵水泡，眼前成了白茫茫的一片，什么也看不见了。过了好一会儿，水泡慢慢消失，裂缝又大了一些。

女儿游过去，隐约地看见裂缝里露出一点黄色。她想凑得更近一些，就在这时，嘭的一声，裂缝炸了一下，表面掉下一块碎片。她吓得向后退缩一下，直直地盯着，就看见一个黄色的小脑袋伸了出来，慢慢地，细长的身子也跟着挤出来了。

"好可爱啊！"女儿暗叫着，想冲上去来个拥抱。小黄头吓得又缩回到石头里。

女儿不忍心再吓他，就转身游到门口，拉着爸爸，喊：“快，来看呀，他，出来了！”

“好好，我知道了，你先去玩吧。”爸爸以为女儿又在说疯话，轻轻拍了拍她，想打发她走开。

女儿不依，缠着爸爸，说：“去看我的亲亲，黄色的，好可爱哟！”

爸爸一愣，刚想问什么，就见龙王向这边游来。小青龙跟在后面喊：“阿爸，去那里干什么？”

“那里刚才冒出了奇怪的水泡，有一种气味我好像很熟悉。”龙王没有停留，冲着大门过来了。

古迪连忙关上石门，回头望着女儿，问：“你刚才说什么？”

“亲亲，我的亲亲出来了。”

他大吃一惊，好像刚听到女儿的话，一头冲进后院，就看见一条小黄龙正在向外探头。他差点憋过气去：他一直以为，这龙蛋永远是个蛋，做梦也想不到，里面竟然出来了一条小黄龙。

这时，龙王在外面叫门。古迪凑到小黄龙面前，他想在龙王进来之前，一口吞了小黄龙。他张开了血盆大口，小黄龙还浑然不觉，正好奇地盯着黑洞里的牙齿。

“爸爸，别吓坏他了！”女儿突然冲过来，撞了古迪一下。

古迪醒过神来，望着女儿怜爱的神情，牙齿就软了。他轻笑了一下，说：“现在必须把他藏起来，要不龙王会把他带走的。”

女儿一听，也慌了，连忙过去拍着小黄龙，小声说："亲亲，你快躲进石头里，不要出声啊！"

小黄龙非常听话，将身子缩了回去。古迪连忙把旁边的海草扯过来，将上面盖得严严实实。

外面的敲门声越来越紧，古迪不得不去打开门。古迪装出一副笑脸，想胡编两句把龙王打发走。可龙王根本没理会他，直接冲进来，向后院去了。

古迪惊出一身冷汗，料定龙王已经知道事情真相了。

9 亲亲不见了

龙王在后院巡视一番，眼看就要到那一堆海草旁边了。古迪情急之下，把墙角的一块鱼肉拖出来，嘭的一声扔在地上。

龙王猛地回头，盯着古迪。

古迪赔笑说："这东西放的时间有点长了，你如果不嫌弃，就拿去吧。就当，就当是我送给小青龙的见面礼。"说着，他指了指地上的鱼肉。

"我有名字，我叫若弦。"小青龙很不喜欢古迪绕开他的名字。

"哦，若弦，多好听的名字呀！"古迪叼起地上的肉，热情地塞给若弦，"龙族就是不一样，连名字都是那么有诗情画意。"

若弦勉强接过鱼肉，但眉头皱得像海沟。他很不喜欢面前这个满脸伤疤的老鲨鱼，倒是一进门就盯上了前厅里的雪隙。若弦平时也被龙王看得很紧，极少有玩伴，今天碰到了年龄相当又相貌出众的雪隙，自然掩饰不住内心的惊喜，不停地看向她。

雪隙虽然对若弦有点好奇，但警惕多于惊喜。她远远地躲开，好像随时会遭到攻击，一脸的戒备。

龙王回头看到鱼肉的时候，也看到了这一幕，心里相当怄火。他觉得若弦不该这样没出息，简直丢尽了龙族的脸面，成何体统！

龙王无心再寻找那奇怪的气味，或许就是这臭肉发出来的。他转过身子，一把打掉若弦手里的鱼肉，提着他就向门外游去。

若弦吓得大哭起来，拼命倒腾着手脚，挣扎着不肯离开。龙王当然不会理他，直接游出大门。就在快要消失的一瞬间，若弦突然看见雪隙正冲他挤眼睛笑。他像被点了哑穴，刹住哭，张大嘴巴，瞪着眼睛，定格成一副傻相，一点一点远去了。

古迪长长地出了一口气，突然感觉浑身发软，无力地躺在地上望着天花板默念："我的海啊，神助我也！"

"爸爸，现在可以放他出来了吗？我要跟他玩！"雪隙闯到古迪眼前，不停地推着他。

古迪看了看门外，龙王已经没了踪影，就叹了口气，说："去吧，自己去吧。"

雪隙欣喜地甩动尾巴，快速来到后院，迫不及待地拉开海草，露出破裂的石头，却不见亲亲。她吃了一惊，心中着急，只知道原地打转，嘴里不停地念叨："亲亲，你在哪里？你在哪里？亲亲！"

亲亲不知什么时候已经爬到墙头躲起来了，他看见雪隙打转，觉得很好玩，就从后面跳出来，一下趴到她的背上。

雪隙知道是亲亲，心里陡然一喜，转过身来抱住他，就一起滚到地上，笑作一团。

古迪看在眼里，愁得脑门发疼。他本想等龙王走了之后，就灭掉这条小黄龙。可女儿这样喜欢小黄龙，万一让她知道，会伤透心呀！

古迪左右为难。不过，世界上没有什么事情难得住他，他眼珠一转，想出了一个妙方，先试探一下女儿。

雪隙和亲亲在后院里疯玩，古迪怕外面听见，连忙把门关严。雪隙一点也不在乎，只要能和亲亲在一起玩，别说关在家里，就算锁在墙角，她也愿意。

疯玩了一天，雪隙累了，和亲亲一起躺在后院睡着了。

古迪过去轻轻分开两个小家伙，把女儿抱到床上。他刚准备离开，女儿突然轻哼了一声，头一歪，压住了他的尾巴。他惊了一下，回头望，还好，女儿没有醒来。他轻轻抽出尾巴，看见女儿脸上挂着笑——她大概在梦里正和小黄龙玩耍呢！

小黄龙此时正躺在后院，也在睡梦中。古迪悄无声息地靠到小黄龙身边，默默地盯了一会儿，暗念："要不是怕我女儿伤心，我一口咬不死你！我就让你多活两天，以观后效。"

古迪来到后墙脚下，用力拱开一块石头，露出一个空洞。然后，他轻轻托起小黄龙，塞进洞里，想了想，又把蛋壳也放进去，才放心地把石头封上。

雪隙醒来，不见亲亲，就到处找，从前厅到后院，每一个角落都没放过，可是，连亲亲的影子也没有。她冲到床上，狠狠地撞了几下古迪，问："我的亲亲呢？"

古迪睡得正香，迷迷糊糊地盯着女儿，愣了一会儿，突然一惊，弹了起来。

"爸爸，你怎么了？"雪隙吓了一跳，向后缩了一下，"我的，亲亲呢？"

"亲亲？啊，啊……"古迪张着大嘴，露出满嘴的牙齿，却吐不出几个字。

“你是不是把他吃了？快吐出来，快呀！”雪隙猛地钻进古迪嘴里，直冲到喉咙眼。

古迪被堵得浑身抽筋，猛地咳嗽两下，才把雪隙从嘴里喷出来。他连忙把头转向一边，小心地避开女儿，说：“你，你怎么会认为是我吃了他呢？”

“你不喜欢他，你一点也不喜欢他！”

古迪惊出一头泡沫，没想到女儿早就看出了他的心思。为了缓和气氛，他连忙笑着，说：“就算我不喜欢他，我也没有吃他，我对海发誓！”

“那，他到哪里去了呢？”雪隙一时没了主意，嘴巴一撇，就要哭了。

古迪用尾巴拍了拍女儿，说：“别哭，别哭，我们到后院找找去。”然后，他就拉着女儿一起来到后院。

古迪首先盯了一眼墙脚那块大石头，非常牢固，而且没有一点声音传出来。他满意地暗笑了一下，然后四处转悠，假装着急地嘀咕：“怎么就不见了呢？他能跑到哪里去呢？”

雪隙一直盯着爸爸，虽然止住了哭，但早就知道不会有什么结果，就喊：“别找了，我都找过了！”

古迪愣了一下，又假装惊讶地喊：“快来看，那破蛋壳也不见了！”

“我知道。”雪隙动都没动。

“可是，你知道吗？他不是我们鲨鱼族的。”古迪趁机给女儿讲道理。

“那又怎么样？谁规定不是一个族的，就不能在一起玩？”

雪隙不讲道理。

“你喜欢跟他玩，这我知道。可是，他呢？他愿意跟你玩吗？”

“他当然愿意，我们在一起玩得多开心呀！”

“也许，那都是他装出来的。你看看，他趁你不注意，就跑了吧，连那破壳都带走了。”

“不会，决不会，他不会的……”雪隙非常愤怒地摆着尾巴，好像面前的不是爸爸，而是一个大骗子。

“你不要这么任性，要相信事实呀。”古迪尽量控制自己的情绪，但语气已经加重了。

“我不相信事实，只相信我的心。是你把他搞丢了，你把他找回来呀！”雪隙用头撞爸爸。

古迪很难不冒火了，他用力推了一下女儿，女儿被远远抛出，重重地撞在墙头。她终于放开喉咙，大哭起来。

古迪心一软，连忙过去拍着女儿，一边哄着，一边回头看墙脚的那块石头，有没有被撞动——还好，没有一丝异常。

雪隙很快就不哭了。不过，她并没有恢复正常，而是从那一刻起就不说话，不吃不喝。这一招更狠，让古迪束手无策。古迪每天把食物嚼烂了，喂到她嘴边，她嘴都不张一下。古迪急了，强行撬开她的嘴，把食物塞进去。可是，没用，她马上就会吐出来。

雪隙一天天瘦了下去，眼看着就只剩下皮包骨了。古迪从脑门疼到尾巴尖，可就是不想让步。他暗暗咬牙说：“再挺一挺，也许就好了。”不过，也不能这样硬挺着，他得想想办法了。

古迪找来莫迪，让莫迪赶紧去找一头巫鲨，来瞧瞧雪隙。莫迪非常乐意效劳，没费多大工夫，就带来了一头巫鲨。

可是，古迪一见那巫鲨，肺都差点气炸了。如果她还算是鲨鱼，也就是嘴巴里还残留着几颗牙齿吧。其余的简直和僵尸不相上下：全身瘦得只能称作干瘪，一根根骨头撑着皮，好像随时会戳出一个窟窿。尾巴破损成一片一片，像夹在一起的海带。脑袋倒显得特别大，不过，也没有一处好的：两只眼睛都瞎了，左眼连眼珠都不在了，只剩下一个空洞。嘴巴一说话就冒水泡，声音含糊，谁也听不清。

古迪没敢去碰巫鲨，而是一下把莫迪挤到墙角，恶狠狠地瞪着他，问："你当我是瞎子吗？从哪里找来这样一个古董糊弄我？"

"鲨，鲨王，息怒，听我慢慢说。"莫迪挤出笑，轻轻扒开古迪，"鱼不可貌相，水不可嘴量。这种道理你是知道的呀。这只巫鲨长得是不太好看，可现在你要的不是她的美貌，而是她的智慧。我可以向你保证，她是最神奇的巫鲨，海里的事情她无所不知，海外的事情，她也知道一半。所以，你有什么问题，只管找她。如果她解决不了，你再向我问罪不迟呀！"

古迪沉思片刻，尾巴轻轻一摆，给莫迪让出一条道。莫迪连忙游过古迪，来到巫鲨面前，嘀咕了几句。巫鲨突然笑了，声音难听得像两块石头对磨。

"好好伺候鲨王！"莫迪喊了一嗓子，嘿嘿笑着游出门，很快就消失了。

屋里静了下来。古迪刚准备问巫鲨话，巫鲨猛地摇了摇头，示意不要出声。古迪很气，但还是忍住了，盯着她，看她到底有什么本事。

巫鲨微微扬起头，吸了吸鼻子，然后，直接游到雪隙床前，轻轻把脸贴到雪隙胸口。她的行动非常敏捷，根本不像个瞎子。

古迪怕巫鲨伤到雪隙，连忙跟过去。他刚到床前，巫鲨猛地回过头，用那只空洞的眼睛对着他，吓得他倒吸一口凉水。还没等他反应过来，巫鲨哗地一下游走了，直奔后院而去。

古迪细看了一眼雪隙，安然无恙，就又跟到后院。他一来到后院，就被眼前的一幕惊呆了。

10 祸从口出

古迪敢肯定巫鲨看不见，一只死鱼眼，一只空洞眼。可是，她竟然像长了透视眼，弯都不拐一个，直接冲到墙边，对着一块大石头拱着。在那块石头里面，藏着什么，古迪最清楚。

古迪慌忙冲过去，一头拱开巫鲨，恶狠狠地说："你应该去瞧我女儿的病，而不是在这里乱拱！"

"草有根，病有源。"巫鲨还想去拱那块石头，被古迪隔开了。她重重地撞在古迪身上，嘴都歪了，哼了一声，把嘴巴调正，说："事情不能只看表面，要透过现象看本质……"

"我认为你现象和本质都看不见。"古迪盯着她的脸，"如果我没猜错的话，你那仅有的一个眼珠也是死的。"

巫鲨愣了一下，干笑两声，说："鲨王说得没错。不过，自从我眼睛坏掉之后，我就学会了用心来看事情。从那时起，我才知道眼睛是最没用的东西，它只会给我们制造假象，迷惑我们的心。"

古迪听得直皱眉头，又不好反驳，就假装没听见，问："你的心到底看到了什么？"然后，他紧张地盯着她，等她开口。

巫鲨没有马上回答，她面对着石头，好像在思考，好一会儿，才说："我看到的越来越多，王啊，让我从头说给你听。"

她原地转了一圈，破海带似的尾巴差点扫到古迪脸上。古迪咬住牙齿，才克制住胸口的怒气。因为他想听听巫鲨会胡说些什么。

"水呀，每个地方都是水，连在一起，就叫海呀！"她突然像唱歌一样叫起来，又原地转了一圈，"自古以来，你的家族就主宰着大海。我们只知道奉你为王，就像我们只知道海里有水，甚至忘了海上面还有天空。遗忘是可怕的，因为遗忘就等于放松警惕，必将导致大祸临头……"

"什么，你说我将有大祸临头？你敢咒我！"古迪一甩尾巴，狠狠地打在巫鲨身上。

巫鲨被打得晕头转向，原地转了五圈才停住。不过，她没有住嘴，口齿好像比刚才更伶俐了："不是将有，而是已经大祸临头了。"

话一出口，又是一阵哗啦啦响，古迪的尾巴又甩了过来。这次，她早有防备，向后一缩，闪开，接着说："别打我，重点在后头呢。天空是大海的死敌，他派来了两条威力无比的龙，在大海里横冲直撞。我们敌不过他们，就连大王你也不是他们的对手呀！鲨鱼族的王权从此旁落，是我们的不幸，更是你的悲哀呀！"

古迪听到这里，情绪才平息下来，跟着叹了口气。马上，他又警觉起来，怕巫鲨看出他内心的脆弱，就提高嗓门问："你绕来绕去，到底想说什么？"

"龙蛋。"巫鲨突然冲过去，身体贴着墙脚的大石头，快速游过，回到古迪身边，"不是我想说，我只是把我感觉到的事情说出来。”

古迪心头一紧，见那块大石头完好无损，就松了一口气，不耐烦地说：“好，反正都一样，你就快说吧！”

“不管是大海还是天空，都会孕育出自己的灵性之物。”巫鲨把鼻子凑近古迪，似乎要闻到更隐秘的气味，“你，是大海的灵物，龙是天空的灵物。如果按常理，应该是你主宰大海，龙主宰天空。可是，天空自古就在大海之上，这种居高临下的地位让他误以为，大海是属于天空的。所以，他把他的灵物放到了海里。事实上，龙既能在海里遨游，又能在天空腾飞。而你，是出不了水面的……”

古迪听得挺专注，但觉得有点没脸面，就摆了两下尾巴，说：“废话别那么多，拣重要的说。”

巫鲨愣了一下，几颗烂牙齿扎了几下，说：“我的王，我说的这些都是重点。越是灵物越是金贵，越是面临着一个重大问题——种族繁衍。天空也许造就了不少龙，但都是歪瓜裂枣，只有进入大海的这两条是精华。可是现在，精华已经衰落了，龙后死了，龙王也显出了老态。大海的未来由谁主宰，正面临着重新洗牌。”

古迪眼睛一亮，追问：“哦，怎么洗牌？”他以为该轮到自己重归王位了。

“这就要从龙蛋说起。”巫鲨转动身子，头朝门外，尾巴对着古迪，深深地吸了几口水，仿佛找到了灵感，“据我感知，一共是三枚。”她忽然回头对着古迪。

古迪正望着她的尾巴皱眉，又被她空洞的眼睛吓了一跳，连忙咳嗽两声，保持镇定，说：“三枚，没错，我早就知道了。”话一出口，他就有点后悔，连忙闭嘴。

嘿嘿！巫鲨怪笑了两声，说：“大王只知其一不知其二呀！”然后，她刹住话，用那空眼洞直直地盯着墙脚的大石头，好像她能看见似的。

古迪一惊，简直怀疑她的眼睛是不是真坏了。为了掩饰内心的惊慌，古迪拿出一副不耐烦的样子，猛吐两口水，说：“别卖关子，说吧，其二是什么？”

巫鲨转过脸，又怪笑了两声，说：“你知道有三枚蛋，但你只知道他们的过去和现在，并不知道他们的未来。龙王是天空的灵物，他的后代必将有惊世骇俗之举。先说第一枚，在那冰山之下，以现在的状况看，将永无出头之日。可是，万事都有可能，等到海干冰化的那一天，那龙蛋就会另有一番造化。”

“什么，你说什么？海干冰化？”古迪瞪大眼睛望着巫鲨，好半天才明白她有眼无珠，就原地转了一圈，“大海会干？冰山会化？我看你是满嘴的烂牙，吐出来的全是胡话！”

“可信，可不信。”巫鲨一点也不生气，冷静地怪笑两声，“我们先来说说第二枚，就是现在龙王的儿子……”

“小青龙若弦，海里的鱼虾都知道，还用你说？”古迪很讨厌巫鲨装神弄鬼，扑了一口水，“你不会告诉我，他就是未来的王吧？我当然知道他就是未来的王，我又不笨！”

巫鲨摆了摆头，躲开迎面冲来的水浪，并不肯住嘴，怪笑两声，说：“王啊，你只知其一不知其二呀！若弦这个名字就预示着他不是那么有把握，他要当王，希望就像一根细丝那么小，嘿嘿！”

“哦，你说谁能当王呢？”古迪一下来了兴趣。

“这可说不准，一切都是天意。”巫鲨似乎不愿意讨论这种问题，马上转移话题，“我好像知道了第三枚蛋的去向。这块石头给我启示，蛋就深埋在里面。”

古迪装出一副吃惊的样子，问：“真的吗？怎么可能？”

“王啊，你可挖开看看。”巫鲨又向石头冲来。

“不行不行，这不是挖我自己的墙脚吗？”古迪连忙挡住她，推到一边，“算了算了，管他在哪里呢，由他去吧！”

“这可不成！”巫鲨非常认真地拱了古迪一下，“你一定要管。因为在他身上，承接了更浓厚的龙脉，也就是说，最终他将继承龙族的王位。”

古迪不想再听她说下去了，呼呼几下就将她拱出门去。巫鲨意犹未尽，喉咙咕嘟了几下，无奈地游走了。

古迪非常恼火，原地转了三圈，压低声音吼：“他们都能当王，我为什么不能，为什么？”

“呵呵，谁说你不是王？”突然，门外传来一阵笑。

古迪转身一看，蛇王舒拉丝正不慌不忙地游了进来。古迪一向瞧不起这细长的家伙，就不冷不热地说：“你代表谁来封我为王呀？”

“你在我心目中，就是名正言顺的王。至于那头上长角身上长爪的龙，真是个丑八怪，看一眼都想呕，可他偏偏跑到我们海里来称王，真是天难容海难容呀！”舒拉丝边说边摇摆着细长的身体，声音也不停地颤动，听起来像在哼歌。

古迪皱了皱眉，问：“你也是来告诉我龙的未来的吧？”

“不不，我只关心你。”舒拉丝停止摇摆，凑近古迪，神秘地说，“依我看，你已经没有未来了。”

古迪倒吸一口凉水，瞪着眼说："你活够了吗？我看你才是不想要未来了！"然后，张开大嘴，露出尖牙。

"王啊，息怒，听我慢慢说。"舒拉丝向门外张望了一下，回过头来，"巫鲨的学问怎么样？"

古迪愣了一下，还是说了实话："无所不知，无所不晓。"

嘿嘿，舒拉丝又凑近一点，说："这巫鲨是谁帮你请来的？"

"莫迪。"古迪不耐烦了，扑了一口水，"有话直说，别像你身子一样弯弯绕。"

舒拉丝向后躲了一下，说："是不是可以这样认为，巫鲨是莫迪的帮手，有了巫鲨，莫迪就会越来越难对付了。他以前是不是听话，你心里应该清楚哦。"

"我明白了，你是想让我趁早除掉莫迪。"

"不不不，现在除掉莫迪，为时过早。你还需要他帮你对付龙王呢。"

"你到底想说什么？放个响屁好不好？"

"除掉巫鲨，莫迪没有帮手，在你面前就会老实多了。"

"你不提醒，我还真没注意呢。"古迪皱眉想了想，"你说，什么时候下手为好呢？"

"越快越好，免得她再见到莫迪，把这里的一切传出去了。"

"可是，我女儿这种样子，我不能离开她一步呀。"

"不用你出手，你只发个话，一切由我来搞定。"舒拉丝抻长脖子眼巴巴地望着古迪，好像在期待得到一份美食。

古迪奇怪地盯着舒拉丝，犹豫着，最后还是咬了咬牙，说：

“好吧，你去办。要干净利落！”

“放心。”舒拉丝早就急不可待了，一扭身出了大门。

望着远去的蛇，古迪暗暗念叨：“巫鲨，别怪我心狠，只怪你知道得太多。”

11 死而复生

巫鲨从古迪家出来，向莫迪家游去。她要去向莫迪交差。

在来之前，莫迪一再叮嘱，让她一定要好好帮雪隙瞧出病因。其实她已经知道了病因，可是，古迪太心急，根本不让她把话说完。她只好去把病因转告莫迪，让莫迪再去说给古迪听。

她正心事重重地往前游着，就听前方石头背后一阵哗啦啦响。她警惕地吸了吸鼻子，停下，问："是海蛇吗？"

蛇王舒拉丝从石头背后钻了出来，身后跟着儿子舒拉塔和一大群蛇。他嘿嘿笑了两声，说："哟，巫鲨，瞎了眼，你倒更能明察秋毫了，什么事都瞒不过你呀！"

巫鲨向后退了一下，预感到不妙。因为她和海蛇有世仇，她的眼珠就是被舒拉丝的爸爸咬掉的。当然，老蛇王也没得到什么好，死在了她的嘴下。那是很久以前的事了。她直接发问："你是来报仇的吗？"

"别说那么难听，什么仇呀恨的，我最不爱听。"舒拉丝向前抻了抻脖子，打量了一会儿巫鲨，"看得出来，多年以前，你是一个绝代的美女。难怪我爸爸拼了命要娶你，结果自己丢了命……"

"是他自不量力，非要逼我动嘴。我们鲨鱼族怎么可能下嫁给蛇类呢？”

“蛇怎么了？你睁开眼睛看看，谁的身段有我们苗条。”舒拉丝回头望了一眼，那些蛇都竖起来摇摆着身子，以显示苗条。尤其是他儿子，摇得更欢，他把这当作了集体舞。

舒拉丝知道巫鲨什么也看不见，摇摆都是白费劲，就冲身后摆了摆头，让他们停下来。然后，他低声对巫鲨说：“有个秘密，你也许不知道。我们蛇族的外形是最接近龙族的，严格地说，就是龙族，只是我们长期缺食，营养不良，所以，没龙那么庞大。”

“仅仅是没那么庞大吗？”巫鲨轻笑了一下，一脸的不屑。

“当然，我们也没有长出角和爪。”舒拉丝有些恼火，向上冲了一下身子，“就是因为缺食，我们才长不出来这些多余的零件呀！”

“对，那些零件对你确实有点多余。”巫鲨声音沙哑而低沉。

舒拉丝觉得很没面子，就露出牙齿，恶狠狠地说：“我就是来找充足的食物，吃饱了才能长成龙呀！”

巫鲨完全明白了，冷冷地说：“说到底，你还是来报仇的。”

“胡说，这与我们的恩怨无关。”舒拉丝不想暴露自己真实的想法，“我，我只是奉命行事！”

“奉命？奉谁的命？龙王？呵呵，这么快就和龙王攀上亲戚了。”巫鲨满嘴吐刺。

舒拉丝被扎得浑身乱抖，咬了很多次牙，才稍微镇定下来，说：“你也有算不准的时候？告诉你，不是龙王，是鲨王。”

“鲨王？”巫鲨着实吃了一惊，“怎么会是他？”

“醒醒吧！他让你去，是瞧他女儿的病，你瞧好了吗？”舒拉丝用尾巴敲了一下巫鲨的脑袋，“你除了一派胡言，还能干什么？他不杀你杀谁？”

“不，我已经瞧出他女儿的病因了，是他太急，没让我说。我现在去找莫迪说清楚。”

“你还要说呀？告诉你吧，你就是说得太多了，才该杀！”舒拉丝用力向后推了一下儿子，因为儿子已经凑到前面，离巫鲨太近了。

“爸爸，别跟她废话了！”儿子舒拉塔极不情愿地向后退了退，“直接吃吧，我都快饿死了！”

“饿呀，饿呀！”后面的蛇都叫了起来。

“别急，我要让她死个明白。”舒拉丝做出一副大度的样子。

巫鲨冷笑两声，没有丝毫的害怕，说：“欲加之罪，何患无辞？我做事尽职尽责，使出我全部才华，落得这种下场，叫我怎么想得明白？”

“你不是不明白，而是太明白了。”舒拉丝大笑两声，“这就叫算尽天下事，就是算不准自己呀！这么简单的道理你都不懂，也不配活在海里了。”

舒拉丝一甩头，身后的蛇一拥而上。巫鲨一开始还能挣扎，但很快就被密密麻麻的蛇缠满了全身，根本动弹不得。她大喊一声：“鲨王，你有眼无珠啊！”很快就没了气息。

血水渐渐扩散，向海水的各个方向漫延。古迪在大门口隐约闻到了血腥味。他很清楚舒拉丝的任务已经完成了，但他不清楚这样做到底对还是不对。他心里非常烦乱，关了大门，来到女儿床前。

雪隙静静地躺着，像熟睡，更像死去。古迪心里掠过一丝恐惧，但更多的是矛盾。他知道只有放出小黄龙，才能救活女儿。但他真的不想放，得让女儿再挺一挺，挺过这一关，小黄龙就可以永远消失了。

恍惚间，雪隙感觉身体越来越轻，慢慢地漂到了半空中。四周一片漆黑，她不知道自己在什么地方，就拼命向前游。游了很久，她觉得浑身无力了，只好停止游动。这时，她的身体突然变得很重，直直地往下掉，一直掉，好像没有尽头。

四周还是瞎子的黑。雪隙一阵阵心慌，大声喊："亲亲，救我！救我，亲亲……"

突然，一道闪电划破黑暗。雪隙仔细看，才认出来，那不是闪电，而是亲亲。他黄亮的身子俯冲下来，一伸手就抓住了雪隙，将她稳稳地托在空中。她又闻到了亲亲那熟悉的气息，心暖得像海面上的阳光。眨眼间，她感到身体又轻了，慢慢漂浮起来，离开了亲亲的手掌。

亲亲摇摆着身子，向黑暗深处游去。雪隙连忙喊："等等我呀！"跟着游过去。

亲亲回过头来，摆了摆手，说："你不能来，这里不是你来的地方。"

"你怎么会在这里？你能来，我为什么不能？"雪隙说着，还想往前闯。

亲亲伸手拦住她，说："是你爸爸把我关进来的，这里与世隔绝。"

“我要救你出来。”雪隙急得身子乱摆。

“你救不了我。谁也救不了我。因为这个地方太深了，谁也找不到。”

“你就自己逃出来呀。”

“我还不够强壮，打不开通路。”

“你就多吃东西，让自己快点强壮起来呀。”

“这里除了蛋壳，什么也没有。”

“你就吃蛋壳呀。”

……

嘭的一声，后院一声怪响。古迪吓了一跳，看了看一直昏迷不醒的女儿，一转身冲到后院。

他被眼前的一幕惊呆了。墙脚的那块大石头裂开了一条缝，一个东西正在不停地往外钻，慢慢看清楚了，正是小黄龙。

小黄龙一点一点钻出来，露出整个身体，明显比以前大了许多倍。

古迪张大嘴巴望着，完全傻掉了。他以为小黄龙不被闷死，也会饿死了，就是没想到他会活这么久，而且还长大了。他抻头看了看，里面是个空洞，蛋壳没了，石头也被咬出了一个大洞。难道小黄龙能吃这种东西？

小黄龙抖掉身上的石头沫子，没有理会古迪，直接来到雪隙的床前。

古迪望望墙脚的空洞，又望望小黄龙，连忙追了出来。他倒不是担心小黄龙会对雪隙怎么样，而是害怕小黄龙被外面发现，就连忙过去关紧大门。

小黄龙一点也没在意古迪，他的心全在雪隙身上。是雪隙一天天在蛋壳外唤醒了他，他才得以诞生。现在，他也要用心底的呼唤把雪隙叫醒，不管多长时间。

一天又一天，小黄龙就守在雪隙身边，小声念叨："醒醒呀，雪隙，你不是要和我一起玩吗？醒来呀，你想玩什么，都可以。只要你醒来，让我做什么都行……"

恍惚间，小黄龙看见一个巨大的怪物冲了进来，一口咬住雪隙。雪隙痛苦地挣扎着，眼看就要被怪物吞下去了。小黄龙无计可施，只能求怪物放了雪隙。

怪物从喉咙里面发出怪音："反正你们两个，我必须吃掉一个，你选择吧。"

小黄龙连忙说："好，好，你放了她，吃我吧。"

怪物真的吐出了雪隙，一口把小黄龙咬住。雪隙吓得哭喊起来："不要呀，不要吃我的亲亲！"

……

"不要，不要吃我的亲亲……"

小黄龙突然听到了一阵微弱的声音，睁开眼睛，惊喜地望着雪隙。雪隙身子在慢慢地动着，声音真的是从她嘴里发出来的。

古迪一直在不远处守着，也听到了女儿的声音，一头冲过来，惊叫："她，活了！"

雪隙摇了摇尾巴，慢慢游了起来，就像什么事也没有发生。她望着身边变大的亲亲，惊讶地说："哇，我睡了一觉，你就长这么大了？"

亲亲边笑边点头，说："嗯，你这一觉睡得太长了。"

古迪也激动得直撞墙，说："醒来就好，醒来就好！"

大家正在激动，突然响起了敲门声。古迪吓得浑身乱抖：如果龙王闯进来，发现了小黄龙，那么，他的一切苦心都将白费。

12 奇幻海角

古迪急得把头朝地上撞了三下，总算撞出了一点灵感。他马上换作一副笑脸，对亲亲说：“乖孩子，有客来访了。我们来玩个捉迷藏的游戏，你还是躲回墙脚的洞里去，不露出一点痕迹，就算你赢了。怎么样？”

“不怎么样！”雪隙马上反对，“他钻进去，我又找不到他了。不行不行！”

“这次不会那么久，等来客一走，他就出来。怎么样？”古迪着急地劝说女儿。

“还是不怎么样！”雪隙摆着尾巴想了想，“除非，我和他一起进去。”

古迪吃了一惊，望了望亲亲的嘴，那可是什么都能吃的一张嘴呀，会不会把女儿也吃了呢？稍微犹豫了一下，古迪也顾不了那么多了，只好按女儿说的办。他一边把亲亲和女儿往洞里塞，一边默念：但愿女儿平安无事！

古迪很费劲地把他们塞了进去，堵上石头，又在外面盖了一些海草，非常隐蔽了，古迪才转身去开门，还故意大声喊：“谁呀？非要在我睡觉的时候敲门，美梦才做到一半呢！”然后，他挤出笑，拉开门，准备迎接龙王。

门外不是龙王，是蛇王。古迪的脸一下就拉长了，瞪着眼问：“没事你敲什么门？”

“我有事才来敲门的。”舒拉丝连忙赔笑。

“敲门也不先打个招呼，没教养！”古迪因为刚才受惊了，还想出气。

“这，敲门就是打招呼呀……”

“少废话，有话就说，有屁就放，放完滚蛋！”古迪吐了一口水，差点把舒拉丝冲走。

舒拉丝呛得咳嗽一阵，甩了甩头，还是一副笑脸，说：“放放放，放心，我说完就走。我已经完成了任务，嘿嘿！”说完，他舔舔嘴，游走了。

古迪愣了一下，才想起巫鲨的事。看来，巫鲨已经到了蛇肚子里去了。古迪惊了一下，知道自己上了舒拉丝的当，白白送给他一顿美餐。但事已至此，只能这样了。

古迪反身将门关死，心情烦躁，拱掉了好几个平时十分珍爱的石器，搞得一地碎片。他的心情好像更糟，冲到后院，准备进行更大的破坏活动，但看到墙脚的一堆海草，就停住了。

他咳嗽两声，努力让自己镇定下来，然后，冲墙脚喊：“出来吧！”

没有动静。他有点奇怪，又喊：“快出来吧，没事了！”

还是没动静。他有点紧张了，靠拢，拱掉海草，大声喊：“让你们出来，听见没有？”

仍然没有动静。他害怕了，连忙拱开石头，里面竟是一个大空洞，什么也没有。他连叫了几声“雪隙”，拼命往里冲。可是，除了撞得满头是包，什么用也没有。

他疼得直哼哼，跑出来蹲在外面，怎么也想不通：刚才石头和海草都掩得好好的，他们根本不可能出来。可是，里面就屁股大一点地方，他们又能躲到哪里去呢？

这确实是一个撞破脑袋也想不出来的问题。雪隙和亲亲也没想到会发生这种事情。

洞太小，容纳亲亲都有点勉强，再加上雪隙，简直就要爆出来了。

……

雪隙突然看到亲亲背后出现一块亮斑，就像远远的一个洞口，在黑暗中特别显眼。她呆了一会儿，说："你看，快看呀！"

"黑咕隆咚的，我还能看到你脸上开出一朵花呀？"

雪隙急了，狠狠地拱了他一下，说："谁让你看我了，看你的背后，快！"

亲亲这才回过头去，一看，就傻眼了。好半天，他才半信半疑地说："不可能呀！"

"过去看一下就知道了。"雪隙又拱了亲亲一下，"有什么不可能的？"

亲亲也正有强烈的好奇心，就转身向那块亮斑游去。真是怪了，空间突然显得无比地大，亮斑好远，游了好长时间也到不了。雪隙有点游不动了，在后面喊："等等我，我想那可能是太阳吧！"

亲亲等雪隙跟上来，就一把抱住她，快速向前游，说："我们就一起到太阳里去。"

就在这时，她有点头脑发热，浑身发紧，扑通一声，就失去了知觉。

醒来的时候，雪隙发现他们来到了一个奇怪的地方。一长条一长条的海草从望不到头的高处垂吊下来，随着海水轻轻摆动。海草上挂满了一串串通明透亮的叶片，一律发出乳白色的光，映得四周一片白汪汪。

不远处，亲亲也惊讶地四处张望。他的身上搭满了水草，就像穿了一件晶莹剔透的衣裳。她连忙看自己，也披着一身闪闪发光的水草，真是美到海尽头了。

雪隙一边欣赏着美景，一边快速游到亲亲身边，小声问：“这是哪里呀？”

“不要问。”一个低沉的声音传出来。话音刚落，远处的亮光就熄灭了，只剩下近处的海草还在闪亮。

雪隙吓了一跳。这显然不是亲亲的回答。亲亲也吃了一惊，和雪隙同时向旁边望去。一块岩石一样的东西动了一下，一只海龟从里面伸出脑袋。他的头皮皱巴巴的，几乎遮住了两粒小豆眼。从面相上看，他的年纪谁也无法猜测。

雪隙从来没见过这么大的龟壳，张大嘴巴，轻轻叹：“我的神！”

“我不是神，不过多活了几千年，呵呵！”老海龟一边说，一边担心地望着闪亮的海草。

“这都是真的吗？海草为什么会发光呢？”雪隙好奇而心急地追问。

“别问，哦，别追问！”老海龟用力往前爬了几步，抻长脖子仰望海面，大声喊叫，“海呀，海呀，我的大海呀！”

与此同时，海草都渐渐停止闪亮，四周暗了下来。

雪隙知道自己犯了错，连忙缩回来，游到亲亲身边。亲亲拍着她，安慰着，眼都不眨地盯着老海龟。

好半天，老海龟缩回脖子，望着他们，并没有生气，只是很无奈地吐了两串泡泡，说：“几千年一遇的美景，被你问没影了。好了，现在可以问了，想怎么问就怎么问。”

雪隙不敢问了，吓得直往亲亲怀里钻。亲亲又拍了几下，让她安静，才冲老海龟喊：“喂，我不懂你在说什么。”

“没礼貌！”老海龟笑了一下，“首先，我不叫喂，我有名字叫‘归元’。然后再告诉你们，我在这里已经等了五千八百年，才头一次看到海草发亮。我真的要谢谢你们呢！”

看见老海龟一脸和气，雪隙就不怕了，冲出来问：“到底是怎么回事？你把我完全搞糊涂了。”

“是你心急，自己先糊涂了。”归元又笑了一声，“听我慢慢说，这里是奇幻海角，也就是说与一般的海域是大不一样的，不是谁都能进来的。”他突然停住，笑眯眯地望着他们。

雪隙急了，追问：“我们为什么能进来呢？”

“因为你们俩是心灵相通的。有许多看起来很亲密的伙伴，其实各怀鬼胎。有的就算表面亲热，也达不到心灵相通。所以，你们俩是世间罕物呀！”归元摇晃着身子，壳上的泥沙纷纷落下。看得出他已经潜伏很久了，“正因为心灵相通千年难遇，你们进来的时候，海草们才把毕生的精华贡献出来，发光发亮。可是，你们要记住，心灵相通经不起任何追问。你一旦发问，一切就消失了。”

雪隙听了半天，似有所悟，就故意回头问亲亲：“心灵相通到底是什么意思？心可以像鼻子一样互相通气吗？”然后，她咯咯地笑了起来。

亲亲很郑重地想了想，说："嗯，心也许是可以通气的，你没听说，要多长个心眼吗？有眼就通气呀！"

"还愣着干什么？不想看到更多的奇迹吗？"归元喊了一声，嘭的一声响，他竟完全消失了，原地只留下一个深深的坑。

13 女儿趴在灵位上

雪隙和亲亲对望了一眼，准备往前游，身子刚要摆动，眼前的景象突然全变了。也就是说，他们根本就没动，却来到了一个陌生的地方。

这里没有海水，有绿的树、绿的草，还有许多牛马羊犬在树林里跑，鱼一样的鸟儿在天空中飞。这一切都浸泡在金色的阳光里。

雪隙惊讶地问："呀，没有海水，他们也能活呀？"

话音未落，哗啦一声，眼前的景象消失了，恢复成海底的样子。雪隙知道自己不该追问，连忙闭住嘴巴，偷偷地看亲亲。

亲亲并没有注意雪隙，也瞪着眼睛，好半天才感叹："哇，好奇怪的地方，从没见过呢！"

雪隙见亲亲跟自己一样惊奇，只不过他的嘴笨一点，出声慢一点，就偷偷笑了一下，拱了一下他，说："走啊，到别处看看去。"

亲亲也正想找一下归元，就向前游去。本来是一片平淡无奇的海，前面突然出现了一道峡谷，里面传出了非常可怕的嘶叫声。

雪隙吓得睁大眼睛望着亲亲。亲亲也想转身绕开，可转念一想，会不会是归元遭遇攻击了呢？他小声对亲亲说：“你就在这里等着，我去看看。”然后，一纵身潜进峡谷。

雪隙望了望四周，灰蒙蒙的，加上不时传来的叫声，更加显得阴森恐怖。与其在这里受惊吓，还不如跟进峡谷去呢！她没敢犹豫，跟着亲亲的尾巴后面就进去了。

亲亲见雪隙跟过来，也没说什么，只是轻轻把她护在身后。雪隙被挡住了，什么也看不见，就拼命往前挤，好不容易把头伸了出去，就看到了惊心动魄的一幕。

是两条巨大的龙在争斗，一条是黄色的，颜色和亲亲一样，相貌也极像。另一条是绿色的。他们从海底缠绕到海面，升腾到天空，又落入海中，始终难分难解。所到之处，海水翻滚，白浪弥漫，一片茫然……

雪隙吓得声音发抖，说：“快，我们快走吧！”

亲亲没动，却被两条打斗的龙听见了。那条青龙望了一眼，直朝他们冲过来。黄龙也追了过来。

青龙一把提起亲亲，雪隙由于太紧张，也被缠在亲亲身上，一起提高。青龙冲黄龙大喊一声：“你再往前，我就吃掉他！”

黄龙真的就不敢往前了，满脸恐惧地望着青龙。青龙哈哈大笑，说：“你永远没有资格和我斗……”

雪隙望着青龙的大嘴，里面正冒出一股股难闻的气泡，呛得她眼睛都睁不开了。她大喊：“你，你们，到底是谁呀？”

话音未落，哗啦一下，全部消失。不见了黄龙和青龙，连峡谷都不见了，只剩下一片灰暗的海。

好半天，亲亲才缓过神来，说：“你这次问对了。”

“哈……”一阵笑声，龟壳动了一下，归元从里面钻出头

来。好像一切都是最初的样子，好像他们从来就没有离开。可是，刚才游了那么久，是怎么回事呢？亲亲和雪隙眉头都皱成了疙瘩。

“不要追问，再问，连我也要消失了。”归元笑眯眯地望着他们，半开玩笑半带真。

“我们就不问了，看他自己藏那么多秘密有什么意思！”雪隙小声对亲亲说。亲亲赞同，笑了一下。

“你不问，我自然会说。世间的事情大多如此，随着时间流逝，谜底都会自然解开。只是我们心太急，总想在时间未到的时候知道谜底，所以，就会乱套。”归元不紧不慢地说着，还停顿下来，看了他们一眼，见他们都闭嘴不动，又接着说，“嗯，你们已经学会了耐心等待，这很重要，甚至是最重要的。我就是这样耐心地等待着，看着一代一代的鱼虾们死去。他们当初想得到的答案，都在他们死后，被我看到了。没有谁比得过时间，我们活着，就是要尽量和时间比耐心，我们虽然最终会输，但谁坚持得最久，谁就收获更多……”

“你能不能说一点我们听得懂的？我不想和时间比耐心，更不想和你比耐心。”雪隙打断归元的话，偷偷给亲亲眨眼，亲亲会心一笑。

“耐心是要时间培养的，你们太小，我就不和你们探讨这个问题了。但是，我还是想啰唆两句，刚才你们看到的并不是无中生有的幻景，而是未来。有些未来是可以改变的，有些未来只能认命。最后记住，这里的一切都是秘密，不能透露半点！”归元说着，就笑了起来，那笑声越来越空，像一只巨大的手，将他拖向远处，渐渐消失在一片黑暗中。

雪隙正在愣神，黑暗之中冲出一股巨浪，她连忙缩到亲亲怀里。亲亲将她紧紧抱住，转身用力挡住巨浪。不知过了多久，浪渐渐小了，停了。

亲亲感到背上好像有个什么压着，用力顶了顶，没动。他再看，才发现自己又回到了石洞里。他轻轻拍了拍雪隙，指了指四周的石壁。

雪隙也惊讶地瞪大眼睛，说："好怪呀，肯定不是梦，也不是幻觉。你说，奇幻海角真的有吗？"

"嘘——小声，别忘了，这是我们的秘密。"亲亲轻轻敲了一下雪隙的鼻子。

雪隙咧了咧嘴，露了露白牙，就摇晃着身子，要出去。亲亲就推开石头，慢慢往外钻。

另一边，古迪找不到女儿，心急如焚，跑到后墙外面去仔细观察，也没发现有挖掘的洞口。有哪个高手能把两个活物弄走，不留下一丝痕迹呢？他百思不得其解，又不敢到处打听，只能假装串门，去找找蛛丝马迹。

他最先想到的就是莫迪——这家伙一肚子坏水，一天到晚巴不得古迪早死，断子绝孙，然后好霸占鲨鱼的王位。如果不是龙的出现，要一致对外，古迪早就让这家伙死上一千回了。

莫迪家里也是相当富足，进贡来的鱼虾堆积如山。他根本吃不完，就拿来磨牙，嚼两下，不真吃，吐掉。马上就会有小鲨鱼跟在旁边做清洁工，吃他吐出来的食物。

古迪进来的时候，莫迪没注意，正仰着头享受磨牙呢。古迪见他比自己还奢侈一百倍，气就往上冒，压抑半天，变作两声咳嗽。

莫迪一惊，一尾巴将小鲨鱼甩走，连忙变出一张笑脸，迎上来说：“大王驾到，有失远迎，该死该死！”

古迪没正眼看他，直接闯进屋里，四周巡查了一番，没有发现异常。他转过身来，望着莫迪的尖牙，问：“你，没有吃什么不该吃的东西吧？”

莫迪摸不着头脑，极不自然地咧了咧嘴，说：“这，都是普通的鱼虾，味道很一般。下面那些小鲨鱼非要送给我，我不接受吧，好像有点不合适，所以……”

古迪从他眼中确实没看出更多的含义，就甩了两下尾巴，不想再听这些废话，哗啦啦游了出去，甩下一句话：“有异常情况，及时向我报告。”

莫迪满口应着，抻着脖子等他游没影了，就狠狠地吐出牙缝里的残渣，骂：“你算什么东西？又老又丑，还在我面前摆威风。”

古迪隐隐听到了莫迪发狠的声音，但他没有心情纠缠，惦记着女儿，就又去找了蛇穴、龟穴、乌贼穴……都无半点痕迹。最后，他只好找到龙王门口。

小青龙若弦正在门口玩耍，一见古迪，就很奇怪地望着，充满了警惕。

古迪笑了笑，说：“我来找你爸爸，啊，聊聊天，他在吗？”

若弦没作声，一回头钻进屋了。不一会儿，龙王就探出头来，问：“你，有事吗？”

“没事，没事，只是路过，顺便探望一下。”古迪见龙王老了，面相也不如以往整洁了，心中暗暗吃惊。

龙王拉开门，说："那就请进来吧！"

古迪动作很快，一下就钻了进去，也不找地方坐，到处乱游。龙王就静静地盯着。等游得差不多了，古迪才不好意思地笑了笑，说："这里还是老样子，没有添置新东西，呵呵！"

"怎么，你是来检查，还是来帮我添置新东西？"龙王也笑了一下，半开玩笑半认真地问。

"啊，不不，不敢不敢，我只是随便转转。"古迪脑袋有点发紧，想不出什么话题可以聊，就连忙往外游，"这就告辞，打搅了！"

等古迪远去，龙王轻轻摇了摇头，自语："神经兮兮的，搞什么鬼？"

"他好像在找什么东西。"若弦一直在观察，说出自己的看法。

龙王盯了儿子一眼，说："到我们家来找东西？我们又不是贼。"说完，就笑了起来。

古迪回到家里，精疲力竭，把门关上，趴在地上一动不动。他心灰意冷，浑身冰凉，是那种从头到尾，从没有过的冷啊！

不知过了多久，他的身子开始抖动，一阵阵抽泣声传出来，声音越来越大，伴随着一股股气泡升起来，渐渐弥漫了屋子。他突然抬起头，哭喊着："海神呀，我什么都不要了，不要王位，不要权力，不要我自己，求你把我的女儿还回来吧！我只要她，我只要看着她，你要了我的命都行呀……"

他哭着喊着，有一阵没一阵，好久好久，困了累了，睡了过去。

这些天，古迪过着暗无天日的日子，醒了就哭，哭累了就睡。眼看着他瘦了一圈，老了一截，好像心丝都被抽空了。等实在哭不出声了，流不出泪了，他就想该给女儿立个灵位了。

他在屋里找到一块又大又圆的石头，用牙齿慢慢地啃。他非常用力，非常小心，啃几下，就后退着看一眼，有时还要吹一口水，把石头上的碎末清理掉。渐渐地，一条小鲨鱼的形象就刻在了石头上。

他细看了一下，还算有几分像女儿，就望着发呆。因为太累，他又睡着了。可是，没睡多大一会儿，他就听到石头咕噜滚动了一下。他一惊，醒来，看见一条小鲨鱼趴在石头上，正望着他笑。

他使劲睁大眼睛，嘴巴就合不拢了。海神呀，这不是女儿吗？真的显灵了吗？

他刚想上前抱住女儿，女儿一慌，身子一歪，就带动石头咕噜滚动。眨眼间，女儿掉到石头那边，又看不见了。

14 不准出门

古迪虽然很吃惊，但神情还是恍惚的。他认定女儿已经死了，只是他的诚意打动了海神，海神让女儿闪现了一次，眨眼间，又被海神收走了。

石头滚动了一下，就勉强停住了。古迪望着石头上女儿的刻像，一阵心痛涌上来。他重重地把头贴到地面，想哭，可是眼睛挤压了半天，没有一滴泪。

“救命呀！救命！”突然，一阵喊声从石头后面传出来。

古迪一惊，猛地抬头，没有丝毫犹豫，直接冲到石头后面。海神呀！那不是女儿吗？她正咬着牙抵着石头，石头眼看就要滚过来压住她了。

古迪猛地晃了两下头，不管眼前的女儿是真实的还是幻觉，只管一头朝石头撞去。轰隆一阵响，石头向屋门滚去，撞得大门摇晃两下，裂开一条缝。

古迪没心思管大门，直直地盯着女儿，看她再怎么闪。

女儿躺在地上，痛苦地叫着：“爸爸，你还不来扶我起来？”

“你不闪了？”古迪犹豫着，慢慢靠近女儿。

“我刚回家，你让我往哪里闪呀？”

“这么说，你是出去玩了一趟？”古迪仰头吐了一阵气泡，“我的海神，你跑哪里玩去了？”

“这，那，我也说不清，我可不可以不说？”女儿噘着嘴，“我刚从这臭石头下面死里逃生，你就问这问那，有没有一点同情心啊？”

古迪笑了，连忙扶起女儿，狠狠在她脸上亲了几下，说：“是真的，是真的了，呵呵！”

“什么真的假的？我又不是妖精，还会骗你？”女儿不好意思地把脸转开，又把身子靠到爸爸身上撒娇。

古迪一脸的满足，深吸了一口水，为了不惹女儿生气，就故意放缓口气，问：“你们明明是在后院的洞里面，我去怎么就找不到了呢？”

“这……”女儿不停地用尾巴拍打爸爸，好像在思考。

古迪笑了笑，说：“就算出去玩，也应该早点回家呀！为什么这么多天不回家？到底碰到什么事了？”

“你别问这么多，好不好？”女儿从爸爸的怀里游出来，仰头望着爸爸，“我还要问你呢，你怎么变成这种样子了？还有，刚才你对着那石头干什么？”

古迪想哭又想笑，长长吐了一阵气泡，说：“你知道你这一走是多少天吗？我天天找你呀，找遍了海里的每一条岩石缝，也没见你的影子。我以为你死了，就给你建了一个灵位，上面还刻了你的像呢……”

“真的吗？”女儿觉得自己好像只玩了一会儿，又不能说，就来到石头前面，果然看到上面刻着一条小鲨鱼，还挺可爱的呢！她吃惊地回头望着爸爸，喊道：“呀，看不出来，你还是个艺术家呢!”

古迪乐了，一笑，露出了啃石头断掉的牙齿。他猛地朝石头冲过来，大叫：“什么艺术家？见鬼去吧!”他一头撞开石头，哈哈大笑。

笑声未落，大门轰的一声倒下来，正好打在古迪头上，又压在他身上，把他身子都压瘪了。他一口气没接上，昏了过去。

雪隙以为爸爸在闹着玩，准备看笑话，可是转眼见情况不妙，吓得乱喊：“神呀！海呀！救命呀！快来呀！亲亲——”

亲亲一直躲在后院，听到雪隙叫自己的名字，才到前面屋子来。他一看这情形，连忙冲上去，一把抓开大门。古迪瘪着的身子马上鼓成原样，但还是没有醒来。

“你怎么才来呀？我叫了这么多声，你听不见吗？我刚才压在石头下面，喊救命，你不来。我爸压在大门下面，你还慢腾腾的。你是不是习惯见死不救呀……”雪隙就像喷水枪，没完没了地发射。

亲亲被喷得直往后退，撞到墙才停。他一脸委屈地说：“是你千叮咛万嘱咐，说无论发生什么事，我都不要出来。我只是听你的话，有错吗？”

“是吗？我说过吗？”雪隙头脑发热，深吸一口水，才想起似乎有这么回事，“就算我说过那种没心没肝的话，你也有心肝对不对？你要自己思考呀，多动脑子嘛！话要听，脑子也要灵活呀……”

亲亲扒开雪隙，向前游去。雪隙相当生气，喊道：“我还没说完呢，你跑什么？嫌我烦吗？”

“不烦。”亲亲没有停，“我看见你爸爸好像醒了。”

雪隙这才闭嘴，跟着亲亲向爸爸游来。

古迪一醒来，模模糊糊看见一条龙，使劲摇了两下头，龙更清楚了。他惊叫："海神唉，我真的见到鬼了吗？"

"爸爸，这是亲亲，不是鬼。"雪隙火气一消，可爱好几倍。

古迪这才想起来，家里是有一条龙。一面对龙，他就觉得心烦意乱。似乎那些烦恼又涌上心头：龙为什么要闯进大海？为什么要夺走王位？为什么这条小龙生在我家？为什么女儿这样痴迷他……

古迪脑袋都快裂了，他想铲除龙王，但他没有那么强大的力量。更何况龙王又有了小青龙若弦。

不过，倒是可以先留下这条小黄龙，也许会有妙用。因为只有小黄龙才能对付小青龙。想到这里，古迪咧着嘴巴傻笑起来。

雪隙奇怪地盯着爸爸，问："你笑什么呀？"

"噢，这个，啊，太好了！"古迪强忍住笑，"亲亲也是我们家的孩子，以后，你们俩就一块玩吧！"

"爸爸，我太爱你了！"雪隙冲上来亲了古迪一口。

古迪假装生气，一甩尾巴游了起来，转个圈子又回头盯着他们俩，说："不过，我有个条件。无论怎么玩，也不能出大门半步。"

亲亲望望垮掉的大门，连连点头。雪隙却不服气，说："门都没了，还想不让我们出去呀？整天不出门，想把我们闷死呀？"

"门可以修，条件不能改。"古迪真的生气了，瞪着眼睛，

“如果不答应，我只好请亲亲走了。”

“算了算了，修门就是了。”雪隙连忙服软，偷偷用尾巴甩了一下亲亲，盯着古迪，“一点幽默感都没有哦！”

古迪没有再和女儿斗嘴，过去修门。可是，门太重，他怎么也搬不动。亲亲见了，就靠拢过来。古迪以为他要帮着抬，盯着他打量了一会儿，怀疑地问：“你，行吗？”

“试试吧！”亲亲不好意思地笑了笑，两手一抓，就把门举起来，再一推，就安在门框上。他拉了一下，运转正常，就转头对古迪说：“好了。”

古迪正张大嘴巴望着他，半天才缓过神来，不自然地笑着说：“好了就好，好了就好！”他做梦也没想到，这么一条小龙竟有如此巨大的力量。真是让他欢喜又担忧呀。

不管怎么说，古迪还是拿出了家长的威严，把两个小家伙管住了。他每天最大的任务就是看门，不让一只鱼虾靠近，怕走漏消息。更不让亲亲出门，怕暴露目标。

一开始，雪隙还吵着要出去，但古迪坚决不放。她也不甘心就在后院屁股大一点的地方玩耍，就常常和亲亲到墙脚的洞里面，就会来到那个神秘的奇幻海角。

偶尔，他们也能碰到归元，但再也没有那些奇怪的变幻的景象出现了，除了闪亮的海草还在。他们也期待看到更多的神奇景象，就追问归元。归元总是笑着说，一切随缘。

他们知道问不出什么结果，就安心地在闪亮的海草中玩耍。这里远比海里的景色要美呀！

古迪也不再管他们到哪里玩去了。只要他们不出大门，到哪里玩都行。

可是，这种平静不久被莫迪打破了。那天，古迪出去找点吃的，一回家，看见门是虚掩着的，就惊了一下，冲进屋。

莫迪背对着大门，一动不动，正欣赏着后院里的亲亲。亲亲和雪隙在玩上下翻滚的游戏，根本没注意有一双眼睛在偷看。

古迪一甩尾巴，将莫迪撞到大门口，将他死死地顶在墙头，狠狠地说："你不该自己闯进来！你不该看到这些！"说着，就露出了尖利的牙齿。

莫迪吓得一哆嗦，但马上就挤出笑，说："鲨王，我是来拜见你的，无意中看到了这条小龙。不过，我要恭喜你，你可以重夺王位了！"

古迪心里惊了一下，还是默认了莫迪的说法，渐渐松开了，回头看着后院毫无觉察的亲亲。亲亲正仰躺在地上，雪隙趴在他身上，笑得浑身乱颤。

莫迪讨好地凑到古迪耳边，小声说："你想呀，我们鲨鱼族是无力和龙王对抗，但是，这条小黄龙可以。你只要收住了他的心，嘿嘿！"

古迪意识到不能让莫迪看透自己的心思，就猛地一甩头，瞪着他，说："不准胡说八道！你这话要传到龙王耳朵里，有几个脑袋也保不住了。我警告你，不要在我面前谈论王位！"

"好好，就当我什么也没说。当然，我也保证什么都没看见。"莫迪一脸尴尬，灰头灰脑地游走了，一路还吐出一串串泡泡。

望着莫迪的背影，古迪知道，平静的日子结束了。

15 蛇王设计

小蛇舒拉塔每天跟着蛇王到一块岩石背后练功。这里很隐蔽，又有足够的地方可以周旋，是一个极难得的练功场。

可是，舒拉塔总是一脸苦相，一会儿喊头疼，一会儿喊脖子疼，一会儿又喊肚子疼——反正从头到尾，他总要疼个遍。他不喜欢练功，只喜欢吃美味。

蛇王怎么会不知道儿子这点心思呢？他每次鼓励儿子练功，就说："好好练，练完了就有美味的鱼虾！"

可今天蛇王已经鼓励好几遍了，小蛇还是提不起劲。蛇王让小蛇竖直，小蛇就歪歪扭扭地勉强竖一下，水一荡就倒下了。蛇王让小蛇后缩，小蛇懒洋洋地把身子向后一斜，就躺下去了……

蛇王的耐心是有限的，他一口咬住小蛇，狠狠一甩，啪地砸到岩石上。小蛇疼得哭喊起来："疼啊，浑身都疼……"

"不成器的家伙，跟你说过多少遍，我们蛇族不能永远受欺负，要奋发图强，要在大海称王。你不练，怎么称王？"蛇王说着，狠狠地在儿子头上啄了一下。

小蛇的头这次缩得很快，很标准，等他确定躲到安全地带了，才叽叽咕咕地吐出一串水泡，说："练得这么苦，又没有好吃的……”

话音未落，蛇王就高高跃起，吓唬了一下，说：“哪天没有装满你的肚子，啊？”

“可是，每天都是一些小鱼小虾，寡淡无味，吃得肚子直抽筋呢！”谈到吃，小蛇就有了不顾一切的勇气，也敢和蛇王顶嘴了。

蛇王倒是欣赏儿子这点男子汉的样儿，眼睛闪亮，追问：“那你说，想吃什么？只要办得到，我都帮你搞到口！”

“鲨鱼肉。”小蛇说完，就紧张地望着蛇王。

蛇王愣了一下，又笑了起来，说：“傻儿子，龙肉最好吃，你吃得到吗？上次我们吃的是一条又老又瞎的鲨鱼，如果是一条正常的鲨鱼，不吃了我们，就算是万幸了。”

“还算有自知之明。”岩石后面传来一阵怪笑，莫迪不慌不忙地游到了蛇王面前，“鲨鱼的味道不错吧？”

蛇王吓得浑身抖了三下，他清楚，那条巫鲨是莫迪的心腹，这一次看来是凶多吉少。他趴到地上，用头撞击着地面，说：“上次完全是个误会，不不，是我不该听鲨王的话。但是，我不听又不行呀，是他要我吃掉巫鲨的，真的，不信，你去问他。”

莫迪浑身抽动了一下，牙齿咬得咯吱响，不过，他很快就冷静下来，打消了吃掉蛇王的念头。留着他，可能有大用场。呵呵！

莫迪从古迪家出来之后，就开始打算盘。他想去把古迪家的秘密告诉龙王，这样，就能挑起龙王和古迪之争，他只用静等结果，一定会有意外的收获。可是，万一他们俩不争呢？那样，他就很难在古迪面前立足了，甚至会遭到古迪的狠牙……

莫迪正犹豫着向龙宫游去，半路就遇到了蛇家父子。他眼珠只转了两圈半，就拿定了主意，压住怒气，笑着说：“我不是来找你算账的。男子汉大丈夫，这点肚量没有，怎么在海里混？巫鲨是我的密友不假，可是，鲨死不能复生。我就算一口把你吞了，除了跟蛇族结仇，还有什么好处呢？”

蛇王抬起头，疑惑地望着莫迪，问：“那，你是想……”

“我什么也没想，只是路过这里。”莫迪望了望场地，觉得这里确实不错，就赞赏地点点头，“不过，聊天聊了这么久，我就破例跟你分享一个小秘密。古迪的家里，藏着一条小龙。嘿嘿！”说完，他就转身游走了。他没有向龙宫游去，因为他知道，只要把这个秘密告诉了蛇王，就不怕翻不起浪来。

蛇王趴在地上，半天没清醒过来，感觉像在做噩梦。小蛇刚才一直躲在后面，见莫迪消失了，才敢游过来，用头撞了撞蛇王，问：“爸，他说古迪家有小龙，是什么意思？”

“问得好，问得妙！”蛇王突然从地上跃起，吃惊地望着儿子，“我正在考虑这个问题。他来放这样一个屁，一定是想熏出个泡泡来，我们可不能随便就跟着打喷嚏呀！”

“可是，你说过，龙肉最好吃呀！”小蛇说完，就张着大嘴盯着蛇王，口水直往外涌，好像小龙就在嘴边。

蛇王用尾巴甩了一下儿子，骂道：“你还真想吃龙肉呀？小心烂牙烂嘴烂舌头！这种话不许再说了！”

小蛇吓得缩在岩石下面，不敢作声了。

蛇王狠狠地瞪了儿子一眼，又冲上岩石望着远处，那是莫迪刚刚游走的方向。他知道莫迪不是善种，唯恐天下不乱。这种秘密，他不去告诉龙王，而跑到这里来散播，显然是别有用心。

“我要是跑去把这个秘密告诉龙王，就上了莫迪的当了。嘿嘿！别把我当傻瓜！”蛇王狠狠地吐了两口气泡，“可是，如果这种秘密不让龙王知道，好像太可惜了。不如来个将计就计……嘿嘿！”

蛇王拿定主意，过去一口将儿子咬起来，让他精神一点，说：“别一天到晚就想着吃，除了吃，就没有别的事可做了吗？”说完，他狠狠地瞪着儿子，等待答案。

“有，就是找吃的。”小蛇想讨好蛇王，抢答，生怕被谁占先了。

蛇王无语，头一阵发晕，猛地砸向小蛇，骂道：“没出息的家伙，吃能吃出个世界呀？得动脑子，这个世界很奇妙，一切都要靠智慧。只长个子不长脑子，怎么出去混？”

小蛇头被砸得生疼，又缩了回去，小声说：“谁爱混谁混，我不混了。”

蛇王没听清楚，也不想计较，就勾了勾脖子，让儿子过来。小蛇害怕，往后缩得更多，就差钻到岩石缝里去了。

蛇王吐了一串泡泡，吼道：“小崽子，让你来，你还退！”

“我来了，你又砸我，好疼！”

“不砸了，不砸了，我有重要的任务交给你。你有没有出息，就看这一回了。”蛇王盯着儿子。

小蛇犹豫了一下，还是靠拢过来。蛇王没再动粗，对着小蛇嘀咕了一阵。小蛇笑了起来，说：“这种事要什么出息呀，我最爱干了。每次我想去找小青龙玩，你都不让呢……”

“小声点！这是绝密，关系到蛇族的生死存亡！”蛇王又高高跃起，准备一头砸过去。

小蛇早有准备，眨眼到了岩石顶上，小声说：“我为生死存亡玩去了！”然后，身子一扭，腾空而起，消失在岩石背后。

小蛇舒拉塔赶到龙宫时，小青龙也正被龙王训得像个龟孙子。小蛇躲在门后偷看，大概搞清了是怎么回事。原来，龙王让小青龙练习憋气吐泡泡，可是，小青龙憋到一半，就忍不住要放屁，泡泡都从屁股里跑了，嘴里就吐不出像样的泡泡了。

龙王非常生气，在小青龙面前挥着利爪，说：“在大海里生活，吐泡泡是一项基本功。你如果连泡泡都吐不好，凭什么去纵横四海？凭什么去搏击长空？凭什么成为万物之王？啊？”

小青龙吓得浑身发抖，越抖，屁股就越是冒泡泡。小蛇忍不住笑出了声，惊动了龙王。

龙王忽地张嘴一吸，就把小蛇吸到嘴里。小蛇吓得乱念古诗：“本是同根生，相煎何太急？太急太急了！”

龙王愣了一下，没想到这小蛇还挺有学问，就把他吐出来，问：“谁是同根生呀？”

“我爸说了，我们蛇族其实也是龙族，只不过营养不良，身子细了点短了点。”小蛇边说边瞧旁边的小青龙，觉得好像不止细了一点短了一点，根本就是无法相比。

龙王从来没听过这种学说，愣了一下，问：“你好像也没有爪吧？”

小蛇不好意思地低头打量了一下自己，想了想，又硬着脖子说：“我营养不良嘛，当然长不出爪。”

龙王笑了起来，不再追究，问：“你跑到这里来，就是想告诉我这些吗？”

“才不是，我是来找小青龙玩的。我在家都快憋死了。”小蛇冲小青龙笑了一下。

小青龙一听就来了精神，直起身子，眼巴巴地望着龙王。龙王低头想了想，觉得这小青龙若弦天天待在身边，管太紧了，好像没有一点灵气了，不如放他出去玩一趟，也许就活跃起来了。于是，龙王点了点头，说：“去吧，去吧，记得回来就行。”

小青龙一下跳了起来，把小蛇吓得往后缩了好远。

“爸爸万岁！”小青龙手舞足蹈，冲过去，一把抓起小蛇，就出了门，瞬间消失。

龙王摇了摇头，自语：“看来，真是把他憋坏了。”

龙王微微笑了一下，为自己能替儿子着想而欣慰。可是，他做梦也想不到，这次把小青龙放出去，将惹出多少是非恩怨！

16 酿造尾气

小青龙若弦从睁开眼睛的那一刻起，看到的就是龙王老爸，就算龙王长得再威武英俊、再举世无双，若弦的眼睛也会发涩呀！等眼睛涩得掉渣子的时候，若弦终于有机会逃离龙王身边，突然觉得外面的世界处处是风景，哪怕海草烂透了芯，也当作鲜花欣赏。

若弦最感激的当然是小蛇舒拉塔，这个以前从来就不想正眼瞧的小东西，居然成了大救星。真是“士别三日，当刮目相看”，若弦逃出门来的第一件事，就是拍着胸脯，收舒拉塔为小弟。

舒拉塔受宠若惊，不停地摇摆着身子，说：“哥，哥哥，青哥，弦哥，从今往后，我为你鞍前马后，赴汤蹈火，万死不逃……”

“万死不辞，小笨条！”若弦抓起舒拉塔向上一扔，等落下，又接在手中，“叫我弦哥就行了，别搞那么多称呼，太复杂了。说到底，我还得感谢你呢。要不是你过来，我爸爸是决不会放我出来的。我在他身边，整天就看他的脸色，真是比坐牢还难受呀！是你打破了我的牢笼，哈——”若弦笑得非常开心。

龙王要是看到这一幕，肺会炸，肝会裂，胃会穿孔，心脏会停止跳动。自从有了若弦，龙王就把他当作心头肉。因为这个宝贝儿子是龙后留下的唯一希望，龙王绝不敢有半点马虎。不过，龙王很清楚，一味娇生惯养肯定不行，疼爱只能放在心底，要从严教子，才能保证儿子将来成才。所以，他有千般疼万般爱，也不能放在脸上，儿子从他脸上看到的只有两个字——严厉。

从严厉中逃脱，突然放松，那感觉就像挣断了浑身的绳索，每一块鳞片都能自由伸展了。若弦先满地打滚乱撞了一通，搅动海水，惊跑了四周的鱼虾。小蛇跟在后面，也只能躲得远远的，生怕被若弦一尾巴甩到头上，那样，蛇头可能就要搬家了。

若弦折腾了一阵，看着鱼虾四散而逃，非常满足，摆出一副威风的架势，望着小蛇。

小蛇佩服得五体投地，强压住心头的惊慌，喊道："弦哥，在这海里，有了你，谁敢称第一？"他远远地立起身子，但不敢靠近。

"过来，我不会吃了你的。"若弦冲小蛇招招手，"这只是一些粗浅的拳脚功夫，没多大意思。我们得来点好玩的，你快说说。"

小蛇犹豫了一下，还是壮着胆子靠到若弦身边，可是脑子一片空白，只是傻傻地笑着，说："好玩的？我觉得刚才就挺好玩，世界上最好玩的……"

若弦拍了一下小蛇的脑袋，说："小笨条，乍看你挺灵光的，让你出主意，你咋就发傻呢？"

"主意？主意我倒是有一个，就是不知该说不该说？"小蛇想起了刚才看到若弦在龙王面前憋气吐泡泡，结果气儿都从屁股冒出来了。他忍不住笑了起来。

“有什么该说不该说的，都是兄弟了！”若弦又在小蛇脑袋上拍了一下，“有话就说，有屁就放，别光顾着傻笑！”

“对，放屁，就是放屁。”小蛇偷偷瞄了若弦一眼，接着说，“我觉得你放屁挺好玩的……”

啪——重重一下，小蛇脑袋又被拍了，这回眼睛前面出现一片星光。若弦相当生气，一把抓起小蛇，提到眼前，咬牙切齿地说：“小笨条，你敢取笑我？”

小蛇吓得浑身筛糠，牙齿打架，结结巴巴地说：“不，不，不敢，我，我只是想，爸爸讨厌的，就是我喜欢的。”

若弦愣了一下，松手，问：“你说什么？”

小蛇扭了扭身子，让自己舒服一点，才说：“我爸爸最讨厌我说吃，可是，我就喜欢吃。为了美味，我可以拼命，这没什么不对呀！我爸爸为什么总说我没出息呢？”

若弦似乎听明白了，说：“噢，你是说，凡是他们反对的，我们都要去做，这样才有乐趣，对吧？”

“对，对，太对了！”小蛇一下竖直了身子，很认真地说，“我倒认为放屁没什么不好呀！吐泡泡是一门功夫，放屁也是一门功夫呀！同样是气，出口不一样嘛。我们为什么一定要按他们说的，从嘴里吐出来呢？”

“你真是太有创意了，我开始喜欢你这个脑袋了。”若弦说着，又想举手拍。

小蛇连忙闪到一边，说：“我有个建议，能不能不让你的手和我的头接触？”

“没问题，兄弟嘛！”若弦很爽地应着，习惯性地一伸手，又拍在小蛇的头上。

小蛇无奈地摇摇头，也不好再提建议，因为他们马上就开始了好玩的游戏——放屁。

他们俩同时憋气，不让嘴巴吐泡泡，等脸红脖子粗的时候，屁股就开始冒泡泡了。谁冒的泡泡多，谁就赢。

当然，每次小蛇屁股里只有一小串一小串的泡泡往外冒，根本就不是小青龙的对手。小青龙若弦以前在练嘴巴吐泡泡的时候，就有了屁股冒泡泡的经验，只是被龙王盯得太紧，不敢放开。这回，他可找到感觉了，一来劲就会咕嘟冒出一大阵，简直要翻起浪来了。

小蛇不服输都不行。输了还没啥，小蛇最难忍受的就是闻臭，并不是他想闻，而是小青龙有意把屁股转过来对准他。在要翻浪的时候，小青龙会大声喊：“别动，看我的威力！”小蛇真的就不敢动，眼睁睁看着气浪冲自己一脸，然后是昏天黑地的臭味。

小蛇被熏得找不着北，伸着脑袋乱打喷嚏。小青龙就在一边大笑，也不知道他是在笑自己放屁成功，还是笑小蛇一脸的狼狈相。小蛇只得忍住喷嚏，勉强跟着笑，那笑比哭还难看呢。

他们一次又一次重复着放屁的游戏。小蛇越来越没兴趣，小青龙的兴致却越来越高。小蛇不得不暗暗地佩服，小青龙的屁股是有天赋的，短短的时间，他不仅放气量陡增，已经能形成一道道冲击波，而且还能伴随着一阵阵闷响，像雷声捂在云层里。

不过，小蛇再也忍受不了了，再这样放下去，他非被熏出

个肺气肿不可。他在没完没了的喷嚏间隙，眼珠转了两圈，有了主意。他装出一副依依不舍的样子，凑到小青龙面前，说："这个，放屁，你是越来越棒！我也想一直这样玩下去，可是……"

"不要说放屁，多难听！"小青龙一伸手就拍了一下小蛇的脑袋，"应该叫酿造尾气。"

"尾气，对，尾气。"小蛇脑袋疼得要命，也不敢发作，只能赔笑，"可是，尾气酿造太多了，也没意思了。我们不如再去玩点别的。"

小青龙一听就来了精神，拍手叫好，说："你说说，我们再玩什么？捉强盗，怎么样？"

小蛇一听，浑身就抖了一下，暗想：我捉得过你吗？到头来，还不是只有你捉我的分儿啊？这种蠢事，我最好少干。

想到这里，小蛇干笑了两声，说："我觉得就我们俩，太少，不好玩。我们应该去找一些新的伙伴，大家一起玩，那才热闹呢！"

"看不出来呀，你的脑袋瓜子里尽是主意！"小青龙简直有点佩服小蛇了，伸手又要拍他的脑袋。小蛇早有准备，一缩头，躲过。

小青龙也不介意，笑了笑，说："机灵鬼，你说说，我们应该找谁玩呀？"

小蛇心里早就有数了，但爸爸叮嘱过他，要不露痕迹。于是，他就装着很伤脑筋的样子，想了半天，才说："小鲨妹雪隙，你看怎么样？"

"她吗？"小青龙眼睛突然放光，嘴巴大张，都呆了。他见过雪隙，模样很纯很美，他一直记在心里。

小蛇看出了小青龙的一副馋相，故意说："你觉得不行，就算了。我们再去找其他的鱼虾，多的是！"

"怎么能算了呢？"小青龙着急了，一把抓住小蛇，"你也算个君子吧？君子就是话一出口，就不能改变。走，我们去找她！"话音没落，哗啦一下，他已经冲出老远。

小蛇知道计划成功，暗笑了一下，连忙喊："等等我！"跟了上去。

蛇王一直在暗处跟踪着儿子，见到这一幕，他满意地点点头，说："好儿子，看来我以前一直低估了你呀！"然后，一转身，消失在幽暗的海水深处。

小青龙一来到雪隙门口，就想推门往里闯，可是，门关得死死的，根本推不动。他就猛地敲打着门，喊："喂，大白天关着门，搞什么鬼呀？"

小蛇连忙上前拉小青龙，说："轻一点，弦哥呀，女孩子都不喜欢大喊大叫的。"

小青龙愣了一下，盯着小蛇，笑了起来，说："是呢！你说，该怎么办？"

"敲门，三下，一重两轻，得装着有学问的样子。"小蛇说着，就上前做示范。当然，他是用头撞门。

他刚撞到第二下，门就开了。他收不住身子，一下扑了进去。

古迪带着小蛇冲出来，一抖身子，将小蛇扔在地上，很不客气地说："没事到这里来瞎胡闹什么？"

一转眼，他又看到了小青龙，就连忙换作一副笑脸，说：

“哟，这不是龙公子吗？是什么神浪把你给荡过来的？”

小青龙一看古迪这副嘴脸，从心里瞧不起他，就扬着头斜着眼，说：“跟你没关系，我们是来找你女儿玩的。快去把她叫出来吧！”然后，就等着古迪讨好地进去叫了。

谁知古迪脸突然一沉，说：“不行，她不要玩伴！你们赶紧回吧，不留！”然后，他一转身，进去了，门又死死地关上了。

小青龙只有望着门发傻。

17 兄弟相见

小青龙也有威风扫地的时候，呵呵！小蛇暗自乐了一下，不敢表露，就装出一副气愤的样子，上前劝小青龙："哼，有什么了不起？不玩就不玩，谁还稀罕呀！我们走！"

小青龙正好找到台阶下，就屁股对着门口放了一串泡泡，恨恨地说："走，再也不到这里来了。"然后，一纵身，冲出老远。

小蛇愣在原地，因为他马上就意识到不对了，他的任务就是要引诱小青龙闯进古迪家，如果再不来了，就说明任务失败了。不行不行！

小蛇连忙摆动着细小的身子追上去，笑着说："等等，弦哥，这种气话可不能当真呀！"

小青龙停下来，奇怪地望着小蛇，说："你脑袋里到底装的什么水？一会儿说东一会儿说西，瞎说不交费是吧？"

"不瞎说，不瞎说。"小蛇讨好地摇摆着身子，"刚才说气话，是为了给弦哥出口气呀！现在说正经话，他古迪算什么呀？他说不让我们进去，我们就不进去了？那样，他不成了海中之王了？你们龙族算什么呀？"

小青龙一听，火就直往上冒，心想：是呀，我们龙族才是海中之王。鲨鱼凭什么挡道呀？想到这里，他利爪一挥，说："气死我了，我非杀回去，给他一点厉害看看！"

小蛇连忙挡住去路，说："不可，不可，非常不可！"

小青龙急得眉头皱成疙瘩，龙须都打了结。他一把倒提起小蛇，抖动两下，说："你脑袋里到底装的什么水？倒出来看看。我这也不行，那也不行。你到底要我怎么办？"

"你快放手，我才好说话。"小蛇掉下来，猛烈地咳嗽一阵，喘过气来，才说，"你现在硬往里闯，不得和他打起来呀？你打赢了吧，是你欺负他。你输了吧，回家还得挨你爸一顿打。反正没好果子吃……"

"你越说我越糊涂了！"小青龙猛地放出一串气，熏得小蛇也找不着北了。

小蛇闭嘴，静静地等着臭气散得差不多了，才敢开口："我相当清醒。现在我们都回家，明天再过来，我自有妙计，呵呵！"

"有妙计就赶紧说出来呀！别再卖关子了。"小青龙恨不得一把掐住小蛇的脖子，让他把弯弯肠子都吐出来。

小蛇向后一缩，闪过，说："说出来就不是妙计了。明天再来，不见不散！"说完，他逃也似的游走了。

小青龙憋了一肚子气，想放个痛快，四周瞧瞧，放出来只能臭自己，就又忍了回去。

小蛇回到家，把事情向爸爸讲了一遍。蛇王不露声色，边听边点头，心中暗叹：不愧为蛇族后代呀，多有心眼儿。在这危机四伏的海里，蛇族能有一席之地，凭的不光是牙齿，更大程度上应该是头脑……

“爸爸，你说我该怎么办呀?”小蛇正为明天的事发愁，他对小青龙说有妙计，其实什么计也没有。

蛇王回过神来，听了小蛇的实话，哈哈笑了起来，说：“小菜一碟，我略施小计，保证你们顺利闯关!”

然后，他拉着小蛇，如此这般交代一番。

小蛇听了，摇头晃脑，连连叫好。他已经打定主意，以后只要没招了，就说有妙计，然后回来向爸爸求援，准错不了。

第二天，小蛇早早就往古迪家去了，没想到小青龙来得更早。他远远地就看见小青龙躲在岩石后面，目不转睛地注视着古迪家的大门。谁都能看出来，小青龙惦记着雪隙。小蛇轻轻笑了一下：嘿嘿，今天有好戏看了。

小蛇悄无声息地游过来，轻轻撞了一下小青龙。小青龙正抻着脖子张望，惊得一下缩回头，见是小蛇，就狠狠地说：“你不要命呀！也不先打个招呼!”

“我，我这就是在跟你打招呼呀。”小蛇一脸惊慌。

小青龙摆了摆手，说：“算了算了，还是说说你的妙计吧。”

“我的妙计就是等待。”小蛇神秘地一笑，叼起一片水草，悠闲地靠着岩石。

小青龙奇怪地盯着小蛇，又没有更好的办法，只能信他了。

果然没过多久，古迪家门口就有动静了。一条鲨鱼匆匆忙忙游过来，大喊：“不好，大王，大王，不好!”

“又怎么不好了?”门开了，古迪游出来，皱着眉头，“海大的事，也不用这种叫法，慢慢讲。”

“大王，我们正在排阵捕鱼，没想到蛇王领着一大队蛇捣乱。眼看一大群鱼虾就要进入我们的口袋阵，蛇队横杀出来，赶走了所有的鱼虾。我们上前理论，他们不听，说是在搞什么演习……”

“什么？还反了他了！竟敢在我的地盘上搞军事演习！”古迪回头关上门，猛地转身，撞翻了那条鲨鱼，大吼：“带我去！”

半天没见带路的，古迪回头一看，那条鲨鱼头插进泥里，拔不出来。他冲过去，又猛地撞了一下，将那条鲨鱼拔了出来。那鲨鱼猛地摇掉脸上的泥巴，带着古迪向前游去。

小青龙望着古迪的尾巴尖消失在岩石背后，就一把揪住小蛇，直冲大门。大门很重，但小青龙有的是力气，使劲一扒，就开了一条缝。他一纵身钻了进去，尾巴扫到小蛇头上。

小蛇正在回头张望，头被扫得冒出一串泡泡。他疼得原地转了三圈，看见一只虾正从门口路过，就把尾巴甩过去，想出一口气。谁知虾一伸手，把小蛇的尾巴尖夹得死死的。小蛇疼得乱甩尾巴，好不容易才把虾甩脱。

小蛇哼哼唧唧地钻进屋里，小青龙正在上蹿下跳，到处寻找雪隙，可是，影子也没有。小青龙回过头，盯着小蛇，不耐烦地问：“你这是怎么了？”

“疼呀，我的头，疼呀，我的尾，疼呀……”

“你就告诉我，你到底哪里不疼吧！”小青龙扬起手吓唬小蛇，“我干脆都给你找齐吧！”

小蛇连忙向后躲开，说：“从头到尾都疼，不用找，都齐了。”

“都齐了就好。”小青龙向后院指了指，“那就赶紧进去找找，看她能躲到哪里。”

小蛇只好忍着疼，进了后院。可是，他找遍了每一个角落，也没见雪隙的影子。

最后，小青龙忍不住说：“她也许出去玩了。”

“不可能呀！”小蛇望着屋顶，“我爸说过，古迪是绝对不让她出门的。”

“难道我们是瞎子吗？她如果在家，我们能看不到她吗？”小青龙非常生气，一把捏住小蛇的身子，提起来。

“疼呀！”小蛇痛苦地扭动着身子，“快放开我，这回找齐了。”

小青龙不肯放手，提得更高了，说：“你个小脑袋，总觉得比谁聪明，我倒要看看，你有多聪明。有本事就从我手里钻出来呀！”

小蛇无论怎么扭动，都无法挣脱，就在他绝望的时候，突然听到轰隆一声响。

小青龙也惊呆了。在墙脚处，一块石头滚到一边，露出一个洞。雪隙就从那洞里钻了出来。

小蛇趁机溜出了手心，见小青龙发傻，就小声提醒：“她就是雪隙……”

小青龙呆住了，他觉得雪隙比上次见到时更漂亮了。他一把抓住在耳边嘀咕的小蛇，说：“快，去告诉她，我要和她交朋友。”然后，往前一甩。

小蛇就落在雪隙面前。雪隙向后退了一下，警惕地望着。

小蛇竖起身子，很有面子地说：“我弦哥要和你交朋友，你快过去吧！”

“你们是怎么进来的？”雪隙没理交朋友的事，直接问。

小蛇愣了一下，说：“哦，当然是从大门进来的。”

“好，请你们赶紧从大门出去。”雪隙毫不客气。

小蛇只好回头看小青龙。小青龙上前一把扔开小蛇，盯着雪隙，得意洋洋地笑着，说：“你知道我是谁吗？告诉你吧，我是龙族唯一的继承者，谁想和我交朋友，比上天还难呢！”

“是呀，难呀，比上天还难！”小蛇帮腔讨好，还展示着自己满身的伤。

“我没想过上天，只想请你们快走开！”雪隙很不友好地用尾巴搅动了一下水，“大门就在你们身后，比上天要容易多了。请吧！”

小青龙的笑一下掉光了，猛地向前，逼到雪隙眼前，说：“在这个世界上，还没有谁能指挥我。你刚才的话，我只当是反着听了。你只要答应跟我们一起玩，我们还是好朋友。”说着，他就身子前倾，张牙舞爪，要把雪隙罩住了。

雪隙大喊：“亲亲，救我呀！”

呼啦一声，一道黄色的闪电从墙洞冒出来，把小青龙击得向后滚了几圈。他爬起来一看，惊了一下：哪里冒出一条黄龙？

小黄龙也愣住了，他第一次看到这个和自己长得一样的家伙。雪隙没想那么多，连忙躲到小黄龙身后。

小蛇左右看看，笑着说：“大水冲了龙王庙，看看，你们应该是亲兄弟呀！”

“我讨厌他们，看到他们，我就浑身起疙瘩，快让他们走！”雪隙不停地推着亲亲。

亲亲醒过神来，说：“这里不欢迎你们，请离开！”

小青龙硬着脖子，一副要打架的样子。

小蛇一想，只要小青龙见到了小黄龙，目的就达到了。于是，他连忙劝说："算了，今天不是个好日子，改天挑个黄道吉日再来吧。"

小青龙掂量了一下，估计自己也打不过小黄龙，就故意大声说："弦哥我今天心情好，不跟他们计较，我们走！"

"谁也别想走出这道门！"身后突然传来一个可怕的声音，紧接着，是重重的关门声。

18 各回各家

小青龙转身一看，吓得一哆嗦。这不是古迪吗？他正摇晃着庞大的身子，张着血盆大口，一点点逼近。

小青龙连忙后退，一直抵到墙角。小蛇也紧跟在小青龙身边，缩成一团。古迪越逼越近，眼看黑影就要压过来了。小蛇使劲推了推小青龙，说："你是龙，别怕，啊！"

小青龙似乎才想起自己的身份，挺直腰喊："你，你想干什么？我可是龙王的儿子，是未来的王……"

古迪没等他说完，就猛地吐出一口水，浪头冲得小青龙重重地撞到墙上，半天动弹不得。小蛇也顺带着被撞到墙上，不过，他清醒得快一些，忍痛对古迪说："你，你敢这样对待龙王……"

古迪吼了一声，止住小蛇，说："我不管是谁，只要闯进我的家门，就休想再出去！"

小青龙一看这架势，吓坏了，就哭了起来，不停地叫着："妈呀，爸呀……"

古迪张着嘴就向小青龙咬了过来。突然，小黄龙横挡在中间，大叫："爸，不能呀！"

古迪一愣，他没想到小黄龙会叫他"爸"，但他马上就镇定下来，说：“你不懂，快让开！”

小黄龙没有让开，他用身体护住小青龙。就在刚才，他对小青龙还充满了厌恶，可是，他清楚地感觉到自己和小青龙有亲缘关系，因为他从来没见过谁和自己长得这么相似。所以，他不能眼睁睁地看着小青龙被吃掉。

古迪不耐烦了，一头将小黄龙拱开。小黄龙重重地摔倒在雪隙面前。雪隙气愤地冲上来，横在小青龙面前，冲爸爸喊：“你疯了吗？”

古迪不忍心对女儿动粗，急得牙齿发痒，心想：傻女儿，我要放他们出去，才是疯了呢！他们一出去，满世界都知道我们家有一条小龙了，龙王能放过我吗？

想到这里，古迪狠狠地瞪着女儿，说：“快让开，否则，休怪我不客气了！”

“哟，又怎么了？发这么大的火。”莫迪不知什么时候把门拱开，就在古迪身后。

古迪一惊，回头问：“你敢闯我的门？”

“我哪敢呀！我只是路过，听见里面动静不小，鱼虾们都着急，不知发生了什么事。大家就让我进来看看，我也是没办法推脱，才拱门的。”莫迪摇了摇尾巴，“不信，你看看，大家都等着我的音信呢。”

古迪向门外一看，好家伙，围满了鱼虾。屋里的一切都不再是秘密了，也就是说，满世界都知道了他家有一条龙。古迪突然觉得后背发冷，僵在原地，不知该怎么办。

莫迪望着两条小龙，暗自笑了笑，对门外喊：“大家都看见了，这里没什么事，都散吧！”然后，他也转头往外游去。

古迪突然叫住莫迪，问：“你看，现在该怎么办？”

“各回各家，各找各爸。”莫迪轻笑了两声，在门口一旋身又转了回来。看样子，他本来就没准备离开。

“你说什么？放他们回家？”古迪直直地瞪着莫迪，好像不认识似的。

莫迪看了一眼吓得一声不吭的小青龙和小蛇，摇着尾巴来到古迪面前，小声说：“你不会是想把自己变成养龙专业户吧？龙王现在是老了一点，但他养儿子的力气还是有的。”

古迪又是一阵发冷，他知道莫迪说的有理，如果小青龙有个三长两短，龙王是不会善罢甘休的。他差点犯了个海大的错，不禁暗暗佩服莫迪。他心里嘀咕：看来，不杀莫迪是对的，留着这个废物有用呢！

不过，古迪马上又犯难了，龙王肯定会知道小黄龙在这里，该怎么办呢？他呆呆地望着小黄龙，好像想看透他身上的每一片鳞甲。

莫迪看出了古迪的心思，说：“不要担心太多，一切顺其自然，海不会干，天不会塌。”

古迪微微点点头，说：“只能先这样了。”

莫迪冲小青龙大声喊：“还不快走，想在这里住下吗？告诉你，食宿费很贵的！”

小青龙吓得头脑发晕，没听清，就问：“很贵吗？多贵呀？太贵恐怕不好吧……”

小蛇急得跳了起来，小声说：“别讨价还价了，我们快走吧！”然后，带头往外游去。

小青龙愣了一下，也赶紧跟上。小黄龙就眼睁睁地望着小青龙消失在门口，呆呆地想：这到底是怎么回事呢？

小蛇逃回家，本来想向爸爸诉苦，一进门，却见爸爸躺在床上直哼哼，浑身都是伤，比自己严重多了。他只好忍住自己浑身的伤痛，来到床前，问："爸，是谁把你咬成这种样子了？我饶不了他！"

"你还是饶了他吧，好儿子！"爸爸翻过身来，好正眼看着儿子，却疼得浑身直抽，"是鲨王古迪，他的牙齿可比你的身子还粗呢！哎哟——"

小蛇知道爸爸是为了引古迪离开家，好让小青龙闯进去找到小黄龙，但没想到会搞成这种样子。为了安慰爸爸，小蛇故意把自己的伤露给爸爸看，说："他有那么粗的牙齿，你这样已经很幸运了。"

这个傻儿子安慰人的话都不会说，爸爸气得想挺身揍儿子一顿，刚动了一下，就疼得受不了，又躺下。他喘了好一阵，等火气下降一些，才说："嘿嘿，想咬死我，没那么容易。我带着一大群蛇专门捣乱，不让鲨鱼们捕食，成功地把古迪引了过来。唉，我还没问你，你成功没有？"

"成功了，小青龙看到小黄龙了，好多鱼虾都看到小黄龙了。"小蛇兴奋地昂起脑袋，摇了摇，"你还是说说，古迪去了以后，怎么样了？"

爸爸听说成功了，点点头，说："古迪一来，我就不捣乱了，告诉他，我是在演习。可没等我说完，他就一阵狂咬。幸亏我身手敏捷，逃脱他的牙齿，大声喊，演习是为了更好地为他效力。他这才停下来，放我走。"

"你这种胡话，他能信吗？"小蛇奇怪地望着爸爸。

“我要告诉他真话，还有命吗？”爸爸得意地笑了笑，“傻儿子，像这种高高在上的鲨王，信的就是胡话。”

小蛇真的傻了，他想不明白，为什么鲨王只信胡话不信真话。

小青龙一回家，却变得非常乖巧，对发生的事情只字不提，只喊饿了，就跑进去吃东西。

龙王在一旁静静地望着儿子，等他吃得差不多了，就问：“到哪里玩去了？”

小青龙吓得差点噎住，停止吃食，抬头望着爸爸，支支吾吾：“去，岩石后面，然后，又到屋里……”

“看到了什么？”龙王看着胆战心惊的儿子，眉头皱成了疙瘩，不耐烦地打断他的话。

“看到，看到了，石头……”

“还有呢？”

“还，还有，门……”

“还有呢？”

“鲨王……”

“鲨王？”

“的女儿……”

“女儿？”

“的伙伴。”

“好，说说，那伙伴长什么样？”

“跟我差不多，是黄色的。”

“他们说的果然没错。”龙王像在自言自语。

小青龙听得清楚，连忙追问：“谁说的？”

“大家都这样说，一条鲨鱼，一条蛇，一条鱼，一只虾，都来对我说过。你以为我不知道吗？”龙王相当生气，鼻孔里冒出两串泡泡，“我让你说，是想给你一次承认错误的机会。”

“我，错了吗？”小青龙一脸不解，嘟着嘴。

“你把整个海底都闹翻了，还没有错吗？你好好想想！”龙王旋转身子，翻起一阵大浪。

小青龙吓得躲到一边，扯着胡须使劲想，也想不出自己错在哪里。他只好装着想明白的样子，把胡须一甩，说：“我错了，不该出去玩，我再也不……”

“不，你得出去，马上就出发。”龙王一下逼到小青龙面前，眼睛瞪得溜圆，像要喷火。

小青龙吓得缩在墙角，一动不敢动。

“走呀，带我去古迪家。”龙王牙齿咬得咯吱响。

小青龙不知爸爸是想吃自己还是想吃古迪，吓得从墙角弹了出来，慌忙向外逃去。

一路上，小青龙游得飞快，龙王紧紧跟随，就像在追赶逃跑者。所过之处，掀风鼓浪，海草乱摇。

小蛇探头看了看，跑进来向蛇王报告：“龙王向古迪家去了。”

蛇王躺在床上，含笑点头，说：“等着看好戏吧！哎哟——”刚笑了两声，就扯得浑身疼痛，直抽动。

小蛇以为爸爸说的好戏就是在床上抽动，就瞪着眼睛看。

莫迪也被海浪惊动，悄悄地尾随着，想看一场血雨腥风的大战。

古迪不想太热闹，早有准备，将门关得严实。他远远地望着后院里嬉闹的女儿和小黄龙，心事重重。刚才发生的事好像对他们没有影响，就像滚过了一阵浪，一切又恢复到老样子。

可是，古迪很清楚，不会是老样子了。到底会发生什么，他心里也没底——只有等待。

刚才，小黄龙叫了古迪一声爸爸，倒让古迪心底发热。古迪从来没想过，一条龙竟然会把鲨鱼叫作爸爸。在他眼里，龙是最大的对手，死敌。而这条小黄龙能活到今天，完全是因为女儿的缘故——哪怕女儿有一丁点舍得，小黄龙早就死无葬身之地了！

女儿正在叫着喊着和小黄龙追来赶去。古迪知道，女儿所有的快乐都是因为有了小黄龙。尽管他们之间经常也有争吵，女儿有时甚至耍蛮，但那都是小插曲，在海里，再也找不出这种亲密无间的玩伴……

古迪正在乱想，突然感到海水开始猛烈地震动，屋子也震动起来，门震动得更厉害。他知道龙王来了，还没有想好怎么办，就听轰隆一声，紧闭的石门炸开了，一阵巨浪直冲进来，眼前一片白，什么也看不见了。

19 鲨王挨揍

古迪被巨浪侧推到墙上，撞得偏头疼，门板也被震得四分五裂。等白浪消失之后，他顾不得头脑发胀，马上调整好姿势，雄视门洞外，做好了战斗准备。

龙王就在外面，气势汹汹，身子又胀大了几倍，不便进来。倒是小青龙想进来，可是没有龙王的准许，他只能趴在门洞边，探头向里张望，似乎还做着鬼脸。显然，小青龙没有看古迪，他的目光一直投向了后院。

后院里，雪隙受惊不小，正睁大眼睛望着外面，一眼就看到了小青龙，大喊："又是你，讨厌的家伙！"就想冲出去给他一点厉害。

小黄龙一把抓住她，小声说："别动，好像还有一个大个的家伙在后面。"

这时，龙王正把脑袋伸到洞口，吓得雪隙尖叫一声，浑身乱抖。龙王也看到了后院里的情景，他张大嘴巴望着小黄龙，一时说不出话来。

古迪更紧张，望望龙王，又望望小黄龙，想说什么，张了张嘴，却打出一个喷嚏。

小黄龙并不害怕，只是觉得奇怪。他轻轻把雪隙放到地上，直接来到门边，望着龙王庞大的身子，颜色和自己的几乎一模一样，就叹了一声：“哇，真像呀！”

龙王望着小黄龙，火气瞬间消失了，心中五味杂陈。他只想把小黄龙拉进怀里，好好听他叫声爸爸。可是，他刚一伸手，小黄龙就嗖地一下躲开，比闪电还快。

龙王愣了一下，一脸的尴尬，手在空中摆了摆，挤出笑来，说：“你，应该就是我的第二个儿子呀！”

“你？是我爸爸？”小黄龙一脸迷惑，转头望着古迪，等待答案。

古迪不知是吓傻了还是愁呆了，脑袋一片空白，张着大嘴望着小黄龙，一言不发，冷不丁就打个喷嚏。

龙王很厌恶地斜了古迪一眼，说：“别光顾着打喷嚏，说说，这到底是怎么回事？”

“这，这纯属意外。”古迪知道再装傻充愣也不行了，迟早得有个说法，不如主动出击，“不知怎么回事，那天只听轰隆一声，就看见他掉到我家后院里了。”说着，他用嘴巴向小黄龙努了努。

“什么？他掉到你后院？”龙王指了指小黄龙，一脸不信，“你哄鬼还是哄神呢？”

“不哄，谁也不哄。”古迪有点慌乱，脑袋里一半是真话一半是假话，不知该怎么说，就胡乱往外吐，“他刚掉下来不是这种样子，是那种样子，像一块圆石头，后来就变成了这种样子……”

龙王不想再听古迪胡言乱语，一把将他抓起，死死地捏住，怒目圆睁，吼叫着：“你，竟敢私藏我的儿子！”

古迪被龙爪夹得疼痛难忍，感觉骨头架子都要碎了。他想喊，却张着嘴发不出声，只能眼巴巴地望着小黄龙。

小黄龙冲上去，冷不防抓住龙王的胡须，使劲扯着，喊：“放开他，放开呀！”

龙王疼得头皮直皱，又不敢对小黄龙出手，只好放开古迪。

古迪重重地摔到地上，身上有几道深深的伤口，血往外直冒。小黄龙慌忙松手，冲下来，扶住古迪，问：“疼死了吧？”

古迪看到小黄龙关切的眼神，一瞬间，感觉到自己战胜了龙王，脸上挂着笑，说：“疼，好呀！疼点好！”

一开始想往前冲的雪隙，被后来的情景吓得半死，瘫软地躺在地上，眼睁睁望着爸爸被龙王提起来，又抛下去，一点忙也帮不上。

小青龙将这一切看得清清楚楚，他的目光一直就没离开后院。瞅准机会，他就溜了进去，直奔后院，来到雪隙身边，伸手去扶她。

谁知雪隙一点不领情，身子不能动，嘴巴还动着，蹦出了一个字：“滚！”

小青龙的手僵在半空，半天才咬牙说：“你想死吗？”

“亲亲不会放过你的。”雪隙怕龙王，但不怕小青龙，轻蔑地笑着。

小青龙一转身，冲到门洞口，想让龙王治住小黄龙，就喊：“爸，他揪你胡子，你为什么不给他一点厉害呀？”

龙王一把甩开小青龙，俯身下来，隔着门洞，对小黄龙说：“儿子，跟我回家吧！”

小黄龙扶着古迪，抬头说：“回家？这里就是我的家呀！”

“我是你爸呀，你看，只有我们俩长得一个样儿。”龙王摸了摸自己身上的鳞片，黄色已经有点发暗了。

“可是，我一直在这里呀！”小黄龙腾出一只手，指了指四周，“这里才是我的家。”

龙王从来没有感觉到自己是这样虚弱，就算他有千钧之力，也无法一把将小黄龙的心拉回来。这种事只能慢慢来，着急解决不了问题呀。龙王叹了口气，说：“总有一天，我会让你回到我身边的。”

然后，龙王一旋身，哗啦啦离开了。小青龙一看，慌了神，望着后院的雪隙，小声说：“对，总有一天，我会让你回到我身边的。”然后，跟着游走了。

雪隙终于缓过神来，游到爸爸身边，望着爸爸身上深深的伤口，忍不住哭了起来，边哭边说：“从小到大，我只见你伤过鱼虾，从来没有谁能伤到你。可是今天，龙王竟然把你伤得这么深……”

小黄龙轻轻推了推雪隙，小声说：“废话少说，快去采一些海草来，止血。”

雪隙说得很投入，被亲亲打断，火直往上冒。可是，她看见亲亲正指着爸爸流血的伤口，就服气了，转身出了门。

雪隙一出门，就愣住了。她看见门外围满了观众，莫迪、舒拉丝，还有成群结队的鱼虾。她没好气地说：“可有热闹看了，是吧？为什么不凑近一点，看得更清楚，那样不是更爽吗？”

大家都不作声。莫迪游到雪隙面前，说：“我的小姑奶奶，话可不能这么说。大家听说鲨王被龙王捏伤了，都很关心，特意来看望的呀！不信，你看，我这里带来了止血草，蛇王带来了营养品，大家都带着各自的心意，希望鲨王早日康复呢！”

雪隙这才仔细看：莫迪果然嘴里叼着海草；蛇王用尾巴托着盘子，里面装着一团黑乎乎的东西……

她皱了皱眉，说：“那好，你的海草先拿进来，止血要紧。”

小黄龙已经把古迪弄到了床上。古迪疼得直哼哼。

莫迪把海草在嘴巴里嚼了一阵，然后，小心翼翼地吐到古迪的伤口上。真灵，不一会儿，血就止住了。莫迪一脸讨好地望着古迪，似乎等着听一些感激的话。

古迪没作声，雪隙说话了：“你可以走了！”一点都不客气，没有丝毫感激的意思。

“可是，他，可能，说点什么……”莫迪盯着古迪。

“你看他现在还能说话吗？”雪隙一脸不高兴，眼睛也大了一圈。

莫迪只好识趣地转身离开。他刚来到门外，蛇王就喊：“轮到我了吗？我都快挺不住了。”盘子在尾巴上直晃悠。

莫迪一肚子气，甩下一句话：“你用不着问我，想怎么办就怎么办！”哗啦啦游走了。

“我想看看古迪伤得怎么样了，千万别死。他一死，龙王就没有对手了，多不好玩呀！我要让他早日康复！”蛇王嘀咕着，钻进了屋子，摇摇晃晃把盘子送到床前。

小黄龙一把接过盘子，伸手将蛇王隔开，说：“小心，别碰到他了！”

蛇王嘿嘿笑了两声，说：“让他吃，吃了就好得快。”

雪隙望着盘子里黑乎乎的东西，问："这是什么呀？"

"就叫好得快，呵呵！"蛇王一伸头，咬了一口，津津有味地嚼着，"我敢说这是世界上最好的药了，有病治病，没病防病，不管是打伤、摔伤、捏伤、撞伤，一吃它，马上就……"

雪隙不想听蛇王啰嗦，一甩尾巴，将他打到一边，冲亲亲点点头。

亲亲就将盘子送到古迪嘴边。古迪刚才已经听到了蛇王对药的夸赞，早就迫不及待了，一探头，猛地吸了一口，呛得咳嗽起来。在咳嗽的间隙，他大喊："上当了！"一倒头，昏睡过去。

"这是怎么回事？"雪隙直直地盯着蛇王。

蛇王摇晃着脑袋，说："天啦！海呀！他吃得太多了。这是限量版的，这一盘子是让他吃一百次的，可他一次就吞了一半……"

雪隙有点急了，问："这是什么做的？别骗我！"

"严格地说，准确地说，主要成分是蛇的大便……"蛇王警惕地盯着雪隙，"问谁都知道，蛇的浑身都是宝，便便也是特效药嘛。"

"难怪臭不可闻！"雪隙果然控制不住自己，一下冲到蛇王面前，火冒三丈，"你还敢在这里待着，等着我把你碎尸万段吗？"

蛇王吓得连忙后退，一缩脖子，就想出门。

"慢！"雪隙突然叫住他，"把剩下的吃掉！"

小黄龙一声不吭，举着盘子，像一个忠实的随从。

蛇王犹豫着，说："这，剂量太大了吧……"

“你如果还想活着出这道门，就不要再说废话了!”雪隙丝毫不让步。

蛇王只好凑到小黄龙面前，抻着脖子吃盘子里的特效药，吃一口就抻一下脖子。脖子越来越粗，好像都堵住了，不过，他硬撑着吃完了最后一口，然后，猛烈地摇晃两下身子，嗖地冲出门，不顾一切地呕吐起来。

特效药喷得到处都是，旁边的鱼虾们不再想排队探望古迪了，而是捂着鼻子，一哄而散。蛇王晕头转向，一边逃跑一边嘀咕:“再好的药，也不能这样吃呀!”

“我要杀了他!”身后突然传来古迪的喊声。蛇王吓得尾巴紧收，嗖地向前逃去。他做梦也没想到，自己一片好心来献药，竟然落下杀身之祸。

20 归元的疯话

其实，古迪那一嗓子并不是冲着蛇王喊的。他吃了猛药之后，晕厥过去，不一会儿，又突然惊醒，想起了龙王捏着自己的得意劲，浑身就乱抽。他心里只有一个念头：杀死龙王。于是，他把愤怒化作了一声呐喊。

由于用力过猛，喊声刚落，古迪又晕了过去。

从此以后，他就睡睡醒醒，醒醒又睡睡。只要一睁开眼睛，他肯定要大喊："我要杀了他!"一直喊，直到把自己喊晕过去。

雪隙心急如焚，一怕爸爸伤了身体，二怕龙王听见来找茬儿，三怕鱼虾们看笑话。她催促亲亲赶紧把门装上，隔音效果会好些。

亲亲看着门板，眉头皱成了绳疙瘩。因为龙王当时太不小心，已经把门板撞成了碎片，就像撒在地上的拼图。不过，亲亲有办法，他干脆到门外站岗，方圆几十步都不让鱼虾进入。

雪隙这才稍微安心点儿。不过，爸爸的病情不见好，这样拖下去，他不睡死也会喊死。思前想后，也没有办法，她只能找亲亲商量。

亲亲皱眉想了一阵，说："也许归元有办法，我们可以去找他问问。”

“不行不行!”雪隙一听就直摇头,“去找归元,必须我们俩同时离开,这里怎么办?外面的每个角落都潜伏着危险,随时会有什么东西冲进来的。”

“这个,可以找莫迪来守护呀!”

“你疯了吗?”雪隙气得尾巴乱摆,“莫迪是什么德行,你不知道吗?他就是盼着我爸早死!他想当鲨王,一天都等不及了呢!”

“他想当鲨王,瞎子都看得出来。”亲亲语气非常镇定,胸有成竹,“可是,他并不想爸爸早死,要不,刚才他就没必要送来这么灵验的止血草。”

“这不是明摆着黄鼠狼给鸡拜年,没安好心嘛!给个棒槌,你还当真了!”雪隙不相信亲亲这么笨,失望地摇摇头,游到爸爸身边,“你看看,蛇王也送来了药呢,结果就成了这样!”

“蛇王的药也许是好药,只是服用剂量大了点……”

“我不想听你说这些,因为我根本不信!”雪隙把头偏向一边,不看亲亲了。

亲亲叹了口气,说:“好吧,我就告诉你真正的原因。因为只有爸爸能和龙王对抗,只有保住他,才有希望牵制住龙王。如果他不在了,莫迪就算当了鲨王,也不过是龙王的一个小卒子。”说完,他盯着雪隙。

雪隙听懂了,也直直地盯着亲亲,好半天,才说:“看来,只能铤而走险了。”

“你不是铤而走险,是挺身而出,去把莫迪请来当护卫。”亲亲点着头,终于松了一口气,“记住,态度一定要诚恳哟。

别让他感觉到你不信任他，懂吗？”

“我信任他！”雪隙甩下一句含义不明的话，瘪了一下嘴，就出了门。

望着雪隙的背影，亲亲摇了摇头，叹口气：“唉，看来这事悬了！”

亲亲守在古迪身边，望着他那胖胖的脸，大大的嘴，有点嘀咕：“是呀，我和他长得太不一样了。可是，我就是出生在这里呀，他不是我爸爸又是谁呢？”

他这样问着自己，又想起了龙王和小青龙。他们倒是和我一样，显然是同族。可是，为什么我不和他们在一起呢？我到底是谁……

他把脑袋都想疼了，还没有想出个结果，就听见喊叫声：“救命呀！亲亲救我！”是雪隙在喊。

一眨眼，雪隙从门外冲了进来，一溜烟躲到后院去了。紧接着，莫迪追了进来，就要往里闯。亲亲连忙拦住他，问：“到底怎么回事？”

“你问她！”莫迪气呼呼地瞪着后院。

亲亲回头看后院，不见雪隙的影子了，就给莫迪赔笑，说：“别生气，有话慢慢说嘛。我是让她请你来帮忙的，是不是不够诚心呀？”

“诚心？太诚心了！”莫迪也没强行往里闯，退了一步，火气小了一截，“我正在家里吃大餐，她就闯了进来，说有事找我。我说等我吃完再说。好嘛，她二话没说，冲过来就把我的盘子拱翻了……”

“他撒谎！”雪隙探出头来喊，“他是说等盘子见底了再说。

我就让他盘子见底了嘛!”

亲亲听出了眉目，笑了笑，说：“误会了，等一会儿，我给你补一餐。”

“还吃什么？气都气饱了!”莫迪又瞪后院。

“你先别生气!”亲亲拍了拍莫迪的背，让他顺顺气，“今天这事是特别急，而且只有你能办好。”

“哦，什么事这么重要？”莫迪也好奇了，追问。

“守护鲨王。”亲亲眼球一转，“我和雪隙已经守了这么长时间了，都累坏了，想一起休息。可是，请谁来接替我们都不放心呀，想来想去，只有你!”

莫迪一听，嘴巴就咧开了，笑着说：“哦，是这种事呀!早说嘛，我愿意效劳。你们只管去休息吧。有我在，万无一失!”

“拜托了!”亲亲拱了拱手，“不过，我有个习惯，休息时不能受任何干扰，还望你帮忙挡住外来的鱼虾!”

“放心，放心!”莫迪尾巴乱晃，为得到这份差事激动呢。

亲亲就转身到了后院，和雪隙一起钻进了墙脚的洞里，然后，将石头挪动，盖住了洞口。

莫迪看得清清楚楚，惊得目瞪口呆：他怎么也想不通，大大的房屋不用，两个小家伙会钻到小洞里面去休息。

雪隙和亲亲紧紧抱在一起，等能够感觉到对方心跳的时候，就开始昏眩，瞬间来到了奇幻海角。

那里仍然长满了闪闪发光的海草，仍然有一幕幕奇景隐约可见。可是，他们一点心思也没有，直接找到归元，说明来意。

归元听完，突然跳了起来，围着一根尖尖的石柱不停地绕圈子，一点也没有了往日的稳重相。就像谁用针戳了他的屁股。

亲亲和雪隙你望望我，我望望你，都直摇头。因为他们从来没见过归元这样激动，在他们的印象中，海枯三遍石烂四遍，他也会岿然不动。

“怪不得你们这么久没来玩了。”归元突然停下来，盯着他们，“有八天，十天，还是十二天了吧？”

“不，准确地说，是十八天半。”这段时间度日如年，雪隙记得特别清楚。

“哦，还是年轻好呀，脑袋瓜子灵活，记忆力好！”归元好像在自言自语，但肯定又跑题了。

“还是年纪大好，有智慧。”亲亲连忙提醒，“我们就是来向你求教的，怎么才能救咱爸？”

“谁也救不了他，只有他自己能救自己。”归元果然又开始说智慧得谁都听不懂的话。

“可是，你不想想办法，他就会死的。”雪隙急了，冲到归元面前，“你有办法，一定有的！”

“放心，他死不了。他得的只是心病，只要让他慢慢忘记龙王捏他的事，就会慢慢恢复正常。而且，不能再去刺激他。”归元胸有成竹，又趴到地上，微闭双眼。

“就这么简单吗？那我们快回去吧！”雪隙催促亲亲。

亲亲没动，望着归元，小声说：“别急，他好像还有话要说。”

雪隙心里像装着火，能不急吗？她又冲到归元面前喊：“老朋友，有话说个痛快，憋在心里会得抑郁症的。再说，我们还有正事，没工夫和你兜圈子。”

“我很难过，我们难再见面了，也许这是最后一次……”归元挤出了两滴泪，脖子抻了两下，突然缩到壳里去了。

雪隙又奇怪又着急，用牙齿使劲敲了两下龟壳，喊：“缩头乌龟，你要急死我呀！快把话说明白！”

“轻点，损坏要赔偿的。”归元伸出脑袋，回头仔细观察了自己的壳，还好，才说，“世界从此不得安宁，你们的心也会蒙上阴影，再难有纯净的相通，当然就来不了这里了。”

雪隙认为归元在说疯话，或者故意吓唬他们，用看穿的眼神盯着他，偷偷地笑。

亲亲相信归元的话，伸手把雪隙扒到身后，问归元：“你能告诉我，怎么才能制止……”

“你说什么？”归元非常激动，脖子一下抻出老长，差点顶到亲亲的嘴，瞬间又回缩，“做不到，靠你们根本做不到。也许谁也无法改变，只能听天由命。不过，请你们记住，站在正确的一边！”

亲亲一边点头一边问：“你能说得更清楚一点吗？”

归元闭上了眼睛，说：“去吧！去吧！”

亲亲知道再问也没用，就要和雪隙一起返回。可是，雪隙刚才对亲亲的行为不以为然，认为归元根本就是乱说。所以，她现在的心无法和亲亲相通，怎么也回不去。

雪隙也着急回去，怕爸爸会有意外。她就努力让自己忘掉刚才的事，去想亲亲还在壳里的时候，她是怎么守在旁边；他刚破壳的时候，她又是怎么惊喜……反正想的都是他们之间温暖快乐的时光。不一会儿，心真的就相通了，他们瞬间回到了洞里。

可是，她刚睁开眼睛，就发现洞口的石头已经挪开了，那里趴着一个黑乎乎的家伙。

21 鲨王康复

亲亲也看到了洞口的黑影，一个神龙摆尾，击中目标，只听一声惨叫，没了动静。

他们爬出洞口，一眼就看见莫迪倒在地上，头上一道血印，双眼迷糊。

亲亲连忙上前扶起莫迪，问："怎么是你？我说过的，我休息不喜欢打搅。"

莫迪脑袋并没有迷糊，刚才躺在地上，就惊出一身冷汗：幸好没做错事。

他刚刚接手时，守在古迪身边，望着昏睡不醒的古迪，心头一阵阵冲动：咬死他！捂死他！砸死他！反正只要他死，心里就痛快。他一死，新的鲨王就诞生了，呵呵！

等稍微冷静，他又犹豫了。弄死古迪，易如摆尾。可是，后面的麻烦就大了。首先是雪隙，一个女孩子，脾气却大得很，撞翻莫迪的大餐盘子，那种事可不是谁都做得出来的。如果她回来看见爸爸惨死，肯定会不问青红皂白，直接找莫迪拼命。

当然，一条小女鲨，莫迪并不放在眼里。她再大的脾气，一口就能让她熄火。可是，那小黄龙就难说了，他虽然还是小孩子，可他毕竟是龙呀！谁都不知道龙到底有多大威力。

掂量再三，莫迪还是不敢向古迪下牙。他焦躁不安地守在古迪身边，古迪睡一阵子，叫一阵子，叫一阵子，又睡一阵子。这些莫迪都能忍受，倒是后院洞口的石头让他无法忍受。

他隔一会儿，就到后院来看看那块石头，每次都不见动静。最后，他实在忍无可忍了，就壮着胆子冲过去，一头将石头撞开。他以为里面会伸出两个小脑袋，至少一个吧。可是，等了半天，鬼头都没一个。

他只好壮着胆子把头伸过去看，不看不知道，一看吓一跳：里面什么也没有，一个小洞，空空的。

他倒吸一口冷水，嘀咕：这俩小家伙能到哪里去了呢？莫非这个洞里还有暗道？

他把脑袋伸进去，把四周的墙壁都仔细撞了一遍，没有一点空洞的响声。他敲破脑袋也想不出这到底是怎么回事，就守在洞口。他相信迟早会找到答案。

不过，他没想到，答案就是一尾巴甩得他头晕眼花。

等眼睛渐渐能看清面前的小黄龙时，莫迪说的第一句话是：“妈呀，你们可回来了！”

雪隙看见是莫迪，也从惊吓中缓过神来，说：“你不守着我爸爸，跑到这里来干什么呀？”

莫迪愣了一下，马上就摆着身子，说：“哎哟，我的肚子都饿瘪了，你们还不来，我只好来找你们呀！可是，我刚把石头撞开，就被打得眼冒金星，我，我……”

“误会了。”小黄龙不好意思地拍了拍莫迪，“你现在回家吧，肚子要紧呀！”

这时，古迪又醒了，大喊：“我要杀了他！”

莫迪不敢逗留，怕有什么意外又落到自己头上，一转身溜了。莫迪的尾巴搅动浪头呛得古迪直咳嗽。

亲亲连忙过去轻拍古迪，让他慢慢平静下来。不一会儿，古迪又睡着了。亲亲就用手把他嘴巴边上的脏东西轻轻抹掉。

雪隙静静地看着，心中有了对亲亲更深的依恋，禁不住问："你会离开我们吗？"

亲亲抬起头，奇怪地盯着雪隙，笑了笑，说："为什么问这种问题？我说过我要离开吗？"

"随便问问。"雪隙也笑了一下，强行将心里的担忧挡开，"好了，我们看怎么才能让爸爸忘记那些可怕的事。"

"当然得靠你了，你是他亲女儿呀！"亲亲笑着说。

雪隙愣住了，好半天才问："那你呢？"

"别这么紧张嘛！"亲亲还是笑着，很轻松的神情，"我是他捡来的儿子呀！"

"这么说，你还是认为，你真正的爸爸是龙王……"雪隙说话有点犹豫。

亲亲非常肯定地打断，说："不，他抛弃了我，你们收养了我，在我的记忆中，我的家就是这里。"

雪隙轻轻叹息了一声，望着爸爸，似乎感到一丝安慰。亲亲看出雪隙的心思，就靠拢，和她谈起以前的快乐时光。他们你一言我一语，气氛又活跃起来，有说有笑。特别是雪隙讲到她守着蛋，轻声喊着"亲亲"时，亲亲感到一股股暖流涌遍全身。

古迪虽然在昏睡，也听到了他们的谈话。他感觉像有一小股一小股浪冲击着身体，慢慢挤走了心中的怨恨。美丽可爱的女儿占满了他的心田，一股股温情在胸中荡漾。他的身体恢复了热度，猛地挺身起来，说："这是怎么了？我好像睡了很长时间。"

"是呀，你睡得太久了！"女儿先是一愣，然后就扑进爸爸怀里，高兴得不停地拱。

可是，没拱三下，就听古迪哎哟一声，倒了下去。雪隙吓坏了，连忙喊："爸，你怎么了？醒醒呀！"

"我，饿……"古迪无力地睁开眼睛。

亲亲笑了，从旁边托着一盘食物过来。古迪起身准备抢食，被雪隙挡住了。

雪隙说："慢慢来，小心过量哟！"说完，就笑了起来。

古迪就听话地张开嘴，亲亲喂一口，就吃一口。雪隙在一边看着，忽然觉得爸爸像一个婴儿，亲亲却是成熟的家长了。

古迪情绪稳定，食欲大增，没过多久，就康复了。他在屋里待的时间太久了，身上都怄出了臭味，吵着闹着要出去散气。

雪隙和亲亲也不想天天闻臭气，就陪着古迪一起出去逛。他们一出门，四周的鱼虾迅速把消息传开，莫迪当然是最灵通的。

莫迪得到消息，一点也不高兴，反而紧张起来。他皱眉想了半天，终于有了好主意。

古迪出来逛，是漫无目的的。他已经把所有的烦恼都抛在脑后，尽情享受海里的美景。这时，他才惊奇地发现，海里原来处处都是美景，那一片片海草，那一朵朵小花，那奇形怪状的岩石，甚至鱼群，都是那样赏心悦目。

雪隙从来没见过爸爸有这种闲情逸致，真是觉得幸福的生活从此开始了。她不停地用尾巴扫亲亲，提醒亲亲看爸爸欣赏花草的痴迷样子，简直快成个艺术家了。

亲亲当然很高兴，不过，他更多的是警惕，因为海里时刻都潜伏着危险，说不定什么时候就斜杀出来了。

这天，古迪照样兴致很高，看到一朵白色的花，样子很特别，就凑过去仔细打量。嗯，竟然还有一股奇异的香味。他微微闭上眼睛，很陶醉地闻着。

突然，不远处的岩石壁震动起来，还有小块的石头滚落下来。

古迪一惊，睁大眼睛望着上面。亲亲也马上张开胡须，警惕地注视着。雪隙吓坏了，靠到亲亲身边。亲亲推了她一把，说："和爸爸待在这里别动，我上去看看。"

说完，亲亲一腾空冲了上去。他站在岩石顶上向背后一看，惊得目瞪口呆。

后面是一条峡谷，里面聚集着密密麻麻的鲨鱼，都列着整齐的队。莫迪在队列之外，指挥着，一会儿伸头，一会儿摆尾，号令清楚。鲨鱼们就跟着号令，一会儿直立，一会儿俯冲，最后再统一向岩石壁冲撞过来。石壁咚咚直响，整个峡谷地动山摇。

亲亲没想到莫迪竟然秘密训练了这样一支强悍的军队，显然对古迪是极大的威胁。古迪好不容易情绪才稳定，如果让他看到这阵势，一定会大受刺激，后果会相当严重。

想到这里，亲亲一转头冲下来，装出一脸惊慌，说："快，石头塌陷了！"

古迪一听，也吃惊不小，马上护着雪隙逃跑。一眨眼，他们就回到了家。

等喘过气来，雪隙觉得奇怪，就说："不对呀，塌陷的声音怎么会那么整齐呢？"

亲亲背对着古迪，一边冲雪隙眨眼，一边说："有什么不对的，谁规定石头不能一齐往下掉的？"

雪隙愣了一下，似乎明白了，笑着说："哦，没这条规定，石头想怎么掉就怎么掉，呵呵！"

古迪一直没吭声，不过，他的眼珠一直没闲着，左一转右一转，就估摸出这中间有什么不对劲。他不动声色，说："好吧，不讨论石头怎么掉了，我想睡一觉，你们到后院去吧。"

雪隙和亲亲来到后院，也没心思玩了，靠在一起，你一个哈欠，我一个哈欠，不一会儿，都睡着了。

一觉醒来，亲亲觉得四周极静，心头一紧。因为古迪平时睡觉，都会打呼噜，时高时低，虽说不上有多震撼，但躺在后院，应该是闭着眼睛就能听到的。

亲亲连忙推了推躺在身上的雪隙，雪隙没醒，咕嘟一下滚到地上。亲亲顾不了她了，来到前厅一看，就傻眼了——古迪的床上空空的。

他大叫："不好，要出大事了！"然后，就向屋外冲去。

22 谁的军队

古迪其实早就看出问题了，心里来气，又不便发作，只能暗想：哼，现在的孩子都会用骗术了，还嫩了点，休想蒙我！

于是，他故意说要睡觉了，等两个孩子睡着，就悄悄起身，直奔刚才的石壁。石壁还在震动。他迫不及待地上了石壁，向背后的峡谷一望，就傻眼了。

我的海呀！莫迪竟然训练了这样一支强悍的军队，到底想干什么？古迪轻轻摆了一下尾巴，觉得后背发冷。他很清楚，莫迪现在如果倒戈，他古迪将死无葬身之地。

古迪偷看了一会儿，准备偷偷溜走。可是，就在这时，他感觉自己的尾巴被抓了一下。他惊得猛一转身，刚要攻击，看见是亲亲，才松了口气。

不过，古迪刚才旋转太猛，将一块石头扫落下去，正打在一条鲨鱼的头上。那鲨鱼忍住疼抬头一看，就大叫起来："抓住他，抓呀！"

所有的鲨鱼都停止撞石壁，呼啦一阵冲上来，将古迪和亲亲团团围住。雪隙刚刚赶到，想进去看个明白，根本挤不进去，只能在外面急得团团转。

古迪和亲亲背靠背摆好架势，准备大战一场。古迪能感觉到亲亲肌肉紧绷，没有半点惊慌。他非常惊讶：难道龙族天生就是沉着的战士吗？他一边警惕着四周的鲨鱼，一边问亲亲：“害怕吗？”

“怕！”亲亲很认真地回答，“我怕一出手，他们会死得很惨！”

“哈——傻儿子，我给你一个忠告：在这个世界上，要想称王，就得断掉同情心。来吧，坚定一点，我们一起杀出重围！”古迪猛地摆了一下尾巴，刚要冲出去，却愣住了。

前面的鲨鱼们纷纷后退，闪出一条通道，莫迪就从通道里威风八面地游了过来。

古迪死死地盯着莫迪，咬牙切齿，暗想：这小子来得正好，我今天先废了他，决不口软！

转眼间，莫迪来到古迪的面前，古迪做好了战斗准备，身体成弓形，一触即发。所有的鲨鱼都禁不住向后退缩了一段，留出了尽量大的角斗场。

莫迪突然趴到地上，磕了三下头，说：“鲨王，你可康复了。我们盼你来，就如盼海神呀！”

古迪盯着莫迪，冷冷地说：“你就是这样盼我来的？”

“鲨王恕罪，只因你长期不出门，这些鲨鱼都不认识你了，都是误会呀！”莫迪看了看四周的鲨鱼，大喊，“还不快下拜！”

所有的鲨鱼服从命令，呼啦一下，整齐地趴下。

古迪哈哈笑了一下，说：“你的军队训练有素呀，要取我的脑袋，易如喝水，对不对？”

“鲨王何出此言？”莫迪一副惊慌的样子，向前爬了爬，“自从鲨王被龙王所伤，我是日夜担忧，吃不下睡不着，眼睛都肿了几圈。可是，光这样折磨自己也不是办法。我思前想后，决定训练一支队伍，能够保卫鲨王。现在，队伍已经练成，只等听鲨王召唤。”

说着，他从嘴里吐出一块石牌，送给鲨王。鲨王接过石牌，知道军队都归自己调遣，才松了一口气。他没想到，莫迪会这样忠心耿耿，真为自己的疑心惭愧。他向莫迪投去欣赏的目光，然后，大喊：“听令！”

所有的鲨鱼都直立起来。只有一条例外，她左冲右撞，穿过森林般的鱼群，嗵哧嗵哧地来到古迪面前，急切而小声地说：“爸爸，不要军队，不要发令，求你了！”

古迪正觉得浑身热血沸腾，想到龙王，更是恨不得马上带着军队杀过去。可是，女儿的眼神让他不忍，他只好大声说：“解散！”

鲨鱼都愣住了，僵硬地立着，像一根根石柱子。莫迪也觉得奇怪，但没露声色，冲鱼群喊：“解散！没听见吗？”

鲨鱼们这才哗啦啦一阵摇摆，后队变前队，进了峡谷。

古迪啧啧赞叹：这支队伍连撤退都这么严整，一定可以所向披靡。

古迪眼睛直直地盯着远去的队伍，身体被撞击了几次，才回过神来。是雪隙在叫他，雪隙一脸的焦急，说：“爸，我们回家吧！”

莫迪连忙上前阻拦：“这孩子，着急回家干什么？你爸爸可是海底之王呀，这些鲨鱼都服从他的命令。这是我精心训练出来的，专门献给你爸爸的，刚才你也看到了，确实是不错的队伍吧？有了这支队伍，你爸爸就不用怕谁了，可以纵横海底……”

“你少说两句，行不行？”雪隙瞪着莫迪，“你这样做只会害了我爸爸！”

“哟哟哟！你这孩子怎么说话呢？”莫迪也生气了，咧开嘴逼到雪隙面前，“我的一番辛苦，一片好意，你不谢也就算了，竟然还说我要害……”

“嗨！”亲亲重重地拍了一下莫迪的后背，打断他的话，“我刚才听你说古迪是海底之王哦，那么，请问她是谁？”他指了指雪隙。

“她，她，她是……”莫迪望着亲亲，猜不透亲亲的用意。

“公主呀！这么简单的问题都答不上来，真是的！”亲亲故意伸手指点着莫迪，像教育孩子那样，“我再问你，对待公主应该是什么态度？”

莫迪愣了一下，又换上笑脸，说：“我错了，错了！”

“错了就要受罚！”亲亲马上接话，非常严厉。

莫迪一惊，望着古迪，一副求助相。古迪没心思理会他们，还抻着脖子望峡谷呢。莫迪只好试探着问亲亲：“你说，怎么罚？”

“滚，从这里一直滚回去！”亲亲手指着地面，不容违抗。

莫迪恨得牙痒痒，又不敢发作，只得忍气吞声，就地打滚，一直向前滚去。

等莫迪滚没影了，雪隙终于忍不住笑出声来：“真有你的，我看你当王最合适！”

亲亲连忙伸出手，示意她别乱说。

古迪终于看不到峡谷里的鲨鱼了，才恋恋不舍地收回目光，盯着雪隙，问：“为什么不让我过把瘾？有了军队，我才是真正的王嘛！”

雪隙不得不把爸爸受伤之后的事讲了一遍，头一次，透露了归元和奇幻海角。古迪听得目瞪口呆，吵着嚷着要马上到奇幻海角看看。雪隙提出条件：“带你去，可以，但你要像归元说的那样，忘掉龙王。”

古迪眼珠转了转，狠狠地吞了口水，换作笑脸，说：“龙王是谁呀？谁能告诉我，啊？”

雪隙觉得爸爸很可爱，就和亲亲对了一下眼色。亲亲点头。然后，他们就一起向家里游去。

一进家门，古迪冲在最前面，想一头钻进后院的石洞里，去奇幻海角逛一逛。可是，他刚到后院，就傻眼了：院墙倒了，正好是石洞那里。

古迪一头冲出院墙，想看看是谁这么大胆子，竟敢跑到这里搞破坏！可是，除了几只小鱼虾在那里游玩，见不到任何大鱼的影子。他猛地吐了几口泡泡，那几只小鱼虾被吹得无影无踪。

“有劲就来砌墙吧！”雪隙生怕爸爸发狂，连忙喊他回来。

亲亲已经动手砌墙了，把倒掉的石块重新垒起来，动作非常快，眨眼就起来一半了。古迪怕自己被砌在墙外，连忙反身冲了进去，呼哧半天，才说：“看来，去不了奇幻海角了！”

“这是天意。”雪隙叹了口气，“归元说过，我们再也去不了了。”

“对，看来归元的话没错。”亲亲手脚不停，墙越砌越高，“我们要记住他的话哟。”

“嗯，归元说过，爸爸要保持良好心态，身体才能健康。一旦有了杂念，心就会躁，旧病会复发。”雪隙转向爸爸，“为了保证你不再发狂，请把令牌交出来吧！”

古迪向后退了退，犹豫不决。他一会儿看看雪隙，一会儿看看亲亲，吞吞吐吐地说：“这，是不是，可以，也许……”

亲亲冲古迪点点头，一脸的鼓励，伸出手，说：“拿来吧！有它在，你不可能心平气和。一旦动了心气，会很伤身体的。”

古迪只好咳嗽两声，从嘴巴里吐出令牌。亲亲接在手里，很快就砌到墙里去了。

墙砌好了，古迪却像掉了魂，三番五次地转到后院，对着刚砌好的墙发呆。这样周旋了一段时间，他终于想出了一个办法。

他说他想吃绿叶草。这种草只有在离海面很近的岩石上才有，味道鲜美。他带着雪隙和亲亲出发，没游多远，就喊肚子疼。雪隙准备一起返回，古迪不答应。古迪说他自己先回家，让雪隙和亲亲去采绿叶草。

雪隙和亲亲没有多想，就去了。等他们带着绿叶草高高兴兴地回到家，却找不到爸爸的影子，后院砌好的墙也倒了一半。

雪隙来到墙边，找了一遍，就是不见令牌。她急得原地直打转。亲亲上前安慰她，说这没什么，去追回那块令牌就好了。

雪隙摇了摇头，说：“我担心的不是令牌，而是爸爸的心魔没有除掉。心魔一旦放出来，我们都无法阻止，整个世界会有灭顶之灾！”

亲亲也倒吸一口凉水，惊得目瞪口呆。

23 偷看演习

莫迪在把令牌交给古迪的一瞬间，看到了古迪眼中的光芒，那光芒中饱含着对权力的渴望。他很清楚，古迪已经掉入圈套，在劫难逃。于是，他着手进行下一步计划。

他去找蛇王，老远就听到一阵噼里啪啦的响声。他吓了一跳，以为遭到暗算了，一缩身钻到一块岩石下面，等了半天，也没有谁来攻击。再细听，远处的声音还在响。他就知道自己神经过敏了，暗自嘲笑一下，循着声音就游了过去。

原来是蛇王在搞军事演习，蛇的队伍密密麻麻地排列着，一直望不到头。蛇王独自在一块空地上，发号施令。每次出来两队蛇，面对面整齐地排开，只等蛇王一声令下，所有的蛇就拼命向前冲，然后，每两条缠咬在一起，身子抽动，不时发出噼里啪啦的声响。

莫迪看得高兴，用尾巴重重拍了两下岩石，啪啪的响声惊动了蛇王。

"谁这么大胆，敢在这里偷看！"蛇王大喊一声，就冲了过来，翻过岩石一看，是莫迪，就愣住了。

莫迪笑了笑，说："这么精彩的军演，不让看，是不是太可惜了？"

“失敬，失敬！不知是鲨王驾到。”蛇王换上一脸的笑，“当然可以看，随便看。”

“别乱叫，我不是鲨王。”莫迪装出一副不高兴的样子，“小心古迪听到，要你的命哦！”

“他？不是自身难保吗？”蛇王警惕地望了望四周，压低声音，“除了他那个心肝宝贝女儿和一条不知自己是谁的小黄龙跟着他，还有谁愿意跟着一个老残废卖命呀！”

“又在瞎说！”莫迪心中喜滋滋的，表面却装出一副责怪的神情，“我看你是真的不要命了。告诉你，他现在仍然是鲨王，令牌在他手上，他手握千军万马，懂吗？”

“什么？千军万马不都是你在演练吗？怎么一转眼就到了他手里呢？”蛇王一脸的不信。

“我？哼，我不过是他手下的一名小卒，他一出马，我当然要让了。”莫迪无奈地晃了晃身子，“这样也好，落得一身轻松，可以四处闲逛。”说完，他就哼着歌，游走了。

蛇王愣在那里，怎么也想不通，莫迪辛辛苦苦训练的军队，拱手让给了古迪。

儿子舒拉塔来到面前，喊：“爸，还演不演了？大家都等着你发号施令呢！”

蛇王看了儿子一眼，有了主意，说：“今天放你假，你去找小青龙玩，然后和他一起去看看古迪的动静。”

儿子一听，高兴得把身子晃成几道弯，说：“遵命！”嗖地就游走了，生怕爸爸会反悔。

“记住，要不动声色啊！”蛇王喊着，也不知儿子听见没有。

莫迪没有走远，就躲在一块岩石后面。他看见蛇王打发儿子走了，不禁暗笑：好，第二步计划成功了！

自从上次与鲨王发生了激烈冲突，龙王就把小青龙关在家里，不让出门。龙王自己也整天卧在门口生闷气。一会儿是生自己的气，恨自己当初为什么就不能把两个蛋都夹紧，这样，小黄龙就不会落入鲨王家里。一会儿，他又生小黄龙的气，明明都是龙族，瞎子都看得出来，可这小黄龙偏偏不认。一条龙丢在鲨鱼家里，成什么体统？

他就这样唉声叹气，时而打盹，时而发呆。

小青龙可没心思发呆，他憋得团团转，没办法，只好找一颗石子追来追去独自玩耍。这天，他正追石子追得带劲，突然发现不远处又滚来一颗。他奇怪地抬头一看，差点叫出声来。

小蛇舒拉塔正偷偷从门口探头，向里张望呢。龙王正在打盹，但隔在中间，很碍事。

小青龙怕惊动龙王，干脆出门来，带着小蛇离开一段距离，才说："你是想和我一起玩追石子吗？"

小蛇笑了，说："玩石子多没意思，外面有许多好玩的，精彩得很！"

"可是，我爸，他，不让我出门的。"小青龙回头望了望，一脸的担心。

"他不正在睡觉吗？现在出去，他不会知道的。"小蛇一脸盼望地盯着小青龙。

"要是，他醒了，怎么办？"小青龙虽然还是担心，声音却小了下去。

小蛇知道有门了，就把身子摆动成S形，急切地说："没事的，没事的，我们赶在他醒来之前回来，怎么样？"

小青龙早就心痒痒了，不再多说，直接推了小蛇一把，跑远了。游出好远了，小青龙喊小蛇停下来，玩游戏。可小蛇根本不停，他边往前冲边说："你难得出来，我要让你看到最过瘾的，就在前面了。"

说话间，他们来到了峡谷边。小青龙听到咚咚的撞击声，吓得不敢再往前了。小蛇爬上岩石，笑着冲他晃了晃头，说："来吧，保证刺激！"

小青龙这才松了口气，来到小蛇身边，偷偷往峡谷里看，吓得又差点溜下来了。他小声说："好家伙，古迪有这么强大的军队呀！"

小蛇示意他别出声，只管看。小青龙就盯着，只要古迪一声令下，那些鲨鱼就玩命地往岩石壁上撞。每撞一次，小青龙就吓得身子抖动一下，眼睛眨一下。

还是莫迪当指挥的时候，小蛇就跟着爸爸来看过几次，所以，他已经不太害怕了。他偷偷观察着小青龙的表情，觉得非常可笑。都说龙是海底最威猛的，可眼前这条龙，除了生的是个龙形状，似乎看不出一点龙威。相比之下，蛇虽然身子弱小了一些，胆子可不比龙小哦！

小蛇正暗自得意，就见远处一阵大浪。小黄龙和雪隙正向这边过来。小青龙也看见了，不过，他眼睛只盯着雪隙。

小蛇这回真急了，用尾巴摆了小青龙两下，说："快走，别让他们碰见了。"然后，回头溜下岩石。

小青龙这才回过神来，连忙跟着跑了。

小黄龙看到了小青龙远去的影子，呆望着。他还是很想跟小青龙在一起的。

雪隙没有注意这些，直接冲到爸爸面前，要夺他的令牌。爸爸这次没有依她，而是用尾巴将她扫到一边，虽然悠着劲儿，但很坚决。

雪隙很生气，爸爸一向对她百依百顺，看他今天能怎么样？她调整好身子，又冲到爸爸面前。

爸爸这回没有讲客气，狠狠地撞了她的头，还厉声说："我在指挥军队，你瞎胡闹什么？"

雪隙被撞得头晕目眩，好半天才看清爸爸，就大声喊："你才瞎胡闹！你知道这样做的后果是什么吗？"

"我有强大的军队，什么后果我都不怕！"爸爸过来想帮雪隙起身，雪隙不领情。

爸爸没有介意，只是摇了摇头，说："你个小姑娘家，懂什么？如果没有军队，谁都可以欺负我。有了军队，管他龙王阎王，我都不放在眼里，哼！"

"就你强！"雪隙也哼了一声，"你如果不逞强，谁会和你过不去呀？我们就平平静静地过普通日子，不快乐吗？"

爸爸叹了口气，说："你以为我不想吗？可是，我已经是鲨王了，不是我想退就能退的。有多少双眼睛盯着我，你知道吗？他们都想让我死无葬身之地呢！"

"说来说去，你还是想着你自己。"

"错，我做的这一切，不都是为了你吗？"

"你如果真的为了我，就马上放弃这一切。"

……

亲亲一直在一边旁观，觉得再吵下去也没个结果，就过来扶住雪隙，说："算了，还是别管为好。"

"你不帮我，还说这种话！"雪隙非常气愤，"这样下去，爸爸的处境有多危险，你知道吗？"

"我知道。可是，你还记得归元说的话吗？他说，这件事不是我们能够控制的。"亲亲拍了拍雪隙的背，轻声说，"你尽力了，但你无法左右爸爸，更不能主宰世界。这就是现实。"

雪隙突然闪到一边，直直地盯着亲亲，好像不认识似的。好半天，她才冷冷地说："你还真像归元呢！别忘了，他生活在虚幻世界，我们却在现实世界。我能眼睁睁看着爸爸陷入危险，不管他吗？"

亲亲举手投降，说："好了，我说服不了你。你就留下继续管他吧，我先离开了。这里太闹，我不想再待下去。"说完，他就调头离开。

走出一段儿，他还回头望了望，雪隙又和爸爸吵到了一块。

亲亲回到家，想睡一觉，却根本睡不着。他心里焦躁不安，不停地责怪自己，为什么要和雪隙吵架？雪隙为什么又要和爸爸吵架？难道我们不是最亲密的吗？最亲密的为什么也不能总是心灵相通……

他越想越头疼，不知不觉进入了迷迷糊糊的状态。他以为会睡着的，可是，眼睛刚闭上，就听到大门咚地打开了。

他猛地起身，看见雪隙浑身是伤，倒在门边。

24 峡谷相逢

小青龙离开峡谷，就拼命往家里赶。他被鲨鱼的气势吓坏了——那样不要命的军队，如果都冲进龙宫，谁顶得住呀！

小蛇在后面边追边喊："跑那么快干什么？又没有谁咬你的尾巴！"

小青龙不想让小蛇看出自己害怕鲨鱼，就没好气地回头说："都像你，慢吞吞的，我爸早就醒了几百遍了。他要发现我溜出来了，还不把我的屁股提起来冲天上打呀！"

小蛇一想到小青龙屁股朝天挨打的样子，就忍不住笑起来。小青龙见小蛇相信自己的话了，就不计较，一把抓住小蛇，快速往家赶。

到了家门口，小青龙探头探脑地往里瞧，却没看到爸爸。他心里一喜，连忙溜进去，准备往后面去。可是，他发现爸爸根本不在家。这下，他傻眼了。

小青龙回头问在门外张望的小蛇："你看到我爸爸了吗？"

"看到了。"

"在哪儿？"小青龙很奇怪，原地旋转一圈，还是没见爸爸的影子。

"你出来看吧。"

小青龙连忙来到门口，看见爸爸正气势汹汹地从外面回来。他吓得头皮发紧，想把小蛇当救命稻草，可刚一伸手，小蛇就溜走了，还甩下一句话："保重！"

保什么重？肯定会被揍掉三层皮，减轻三公斤。小青龙不知是生气还是害怕，牙齿咬得咯吱响。

龙王唰地来到面前，逼视着儿子，鼻子里冒出泡泡来，问："怎么，吃豆子呢？"

"没，没有，我按你说的，在练牙劲呢！"小青龙虽然害怕得舌头都伸不直了，但脑子还是灵活得像个手摇鼓，足够编出一地的谎话。

"练牙齿用得着满世界跑吗？"龙王眼里直喷火，张牙舞爪，好像要一口吞了小青龙，"叫你别出门，你为什么不听？出去就给我惹祸，你知道吗？"

小青龙连忙缩到门里，一副委屈样儿，低着头说："不是我要出去的，是小蛇非要拉我出去。我也没办法呀！"

"啧啧啧，多动听的借口呀！"龙王简直不敢相信儿子这样不诚实，一边揪着胡须一边皱眉，"他要你做什么你就做什么吗？"

小青龙吓得缩成一团，眼珠转了几下，又抬起头，说："他带我去看了一件非常奇怪的事，真的非常奇怪。"他知道爸爸很关心海里的新闻事件，这样也许能压住爸爸的火气。

谁知爸爸根本就不吃这一套，尾巴猛地扫过来，一股浪打得小青龙头晕目眩。

"滚进去！"爸爸指了指后宫，"以后你要再敢跨出这道门半步，你有几条腿，我打断几条！"

小青龙真的吓坏了，连忙往后宫跑，生怕爸爸一爪子过来，很可能就要了他的一条腿呀！他来到后宫，趴在墙角，身体还在不停地抖。他心里那个恨呀：好你个小蛇，每次都是你带着我捅娄子，可每次你都一溜了之，一切后果让我扛着。为什么受伤的总是我？

他心中的气没处去，看见旁边有个藤条伸进来，很像小蛇，他就用力地揍着，揍一下就念一句："你个小豇豆！"

"骂谁呢？"龙王突然出现在面前。

小青龙吓得连忙收手，挤出笑，说："这，藤条不听话，从外面钻到宫里来了。我教训它呢！"

龙王笑了一下，像闪电，很快就收住。不过，小青龙已经看出爸爸不那么生气了。于是，他就进一步逗爸爸，说："要不要去叫它爸爸来管管它呀？"

龙王伸手摸了一下儿子的头，果然没了火气，问："你刚才说看到了什么？"

小青龙一听就来劲了，把看到鲨王怎样神气地指挥千军万马，鲨鱼怎样玩命地撞击岩壁，绘声绘色地说了一遍。末了，他还把自己的担心加上："如果他们都冲进龙宫，真是太可怕了！"

龙王听完，若有所思地点了点头，又摇着头说："别乱猜，训练军队都是正常的事情，小孩子少见多怪。"

小青龙转了转眼球，想到了爸爸最关心的小黄龙，就说："我看到小黄龙了，他也在场。"

龙王果然眼睛一亮，说："哦？他也在参加训练吗？"

"他应该是个旁观者吧。"小青龙摇摇头，"军队训练开始了，他才慢慢腾腾地赶到。”

“哦!”龙王轻轻应着，陷入了沉思。

“你想他了，就干脆把他弄回来嘛。混在鲨鱼堆里，多不像话呀!”小青龙顺着爸爸的心思讲话。

“唉，说得容易。如果是鲨王不放他，我倒有办法，可是，他自己不肯回来呀!”龙王无奈地摇摇头。

“有什么难的?把鲨王抓起来，不就完了。”小青龙有点瞧不起爸爸瞻前顾后的样子。

爸爸也瞧不中儿子的轻率劲儿，一摆手，说：“你懂什么?抓了鲨王，小黄龙就愿意回来了吗?”

“当然了，鲨王是他爸爸，让他过来交换嘛。”小青龙偷偷瞅了爸爸一眼，“如果是我爸爸被抓了，我会毫不犹豫地去交换。”

龙王心动了两下。第一下是为儿子有孝心；第二下是觉得儿子的话有一些道理——先让小黄龙回来，再慢慢感化他。

于是，龙王先夸赞了儿子几句，然后，告诉他就按他说的做。小青龙第一次得到爸爸的重用，别提多高兴了，拍着胸脯保证干得漂亮。

小蛇匆匆忙忙赶回家，向蛇王讲了事情经过。蛇王夸儿子聪明，任务完成得相当出色。

小蛇虽然高兴，但也不免有些担心。他知道小青龙已经陷入麻烦，肯定心里在怪罪。万一小青龙来找他算账，那可怎么办?

小蛇的心还在嗓子眼，就看见小青龙风风火火地过来了。他连忙躲到岩石下面，小声对爸爸说：“告诉他，我不在。”

蛇王没多问，笑着迎出去，说："我儿说他不在。"

小青龙早就看到了小蛇的尾巴，直接进去一把提了起来，说："你以为躲得过我的眼睛？"

小蛇连忙喊："哥，别生气，都是误会，全是误会……"

"什么误会？我是来找你一起出去玩的。"小青龙哈哈大笑，一甩手，小蛇到了门外。

小蛇摔得哎哟叫了一声，连忙爬起来，问："你爸让你出来玩？"

"那是当然。"小青龙斜眼瞄了一下蛇王，"就是不知道你爸让不让你出门呀？"

蛇王一直是个尴尬的旁观者，一听话头甩到自己头上来了，马上挤出笑，说："想怎么玩就怎么玩，别忘了回家就行。"

小青龙也不客气，一把提起小蛇，直奔峡谷。

峡谷里的军训还在进行，小青龙似乎一点也不害怕，直往峡谷里冲。小蛇不明白，吓得缩成一团，绕在小青龙的脖子上。

小青龙一直冲到鲨王面前，才刹住脚步。鲨王吃了一惊，睁大眼睛盯着小青龙。雪隙也在旁边，她不屑地看了小青龙一眼，鼻子里冒出泡泡，说："你的围脖很特别嘛，不过，不用站这么近，我看得清。"

小青龙听出雪隙话里带刺，就使劲扯开小蛇，扔到地上，说："又不是冬天，我要围脖干什么？我是觉得指挥军队挺好玩的，也想玩一下。"说着，他突然一伸手，抢走了鲨王嘴里的令牌。

鲨王一下慌了神，连忙过来抢。小青龙一纵身，就向峡谷外跑去。鲨王紧追不舍，在峡谷口的一块岩石上截住了小青龙。

他们扭打在一起。小青龙虽然有利爪，但还是嫩了点，没多久就被鲨王压在身下。

小蛇从地上爬起来，看见小青龙已经动弹不得了。他怕雪隙怪罪，连忙解释说："都是他硬拉着我来的，我根本不知道他要干什么，和我没关系……"

"和你没关系，你还在这里干什么？想看好戏吗？"雪隙斜了小蛇一眼，心中轻松多了，因为她看见爸爸已经控制住了小青龙。

小蛇一看雪隙不计较，慌忙一扭身子，向峡谷外溜去。

雪隙抬头望着小蛇远去的身影，一下惊呆了。因为就在那边，龙王正掀风鼓浪直压下来。眨眼间，鲨王被掀翻，滚到峡谷里。

龙王稳稳落在儿子身边，将他扶起。小青龙大喊："哎哟，疼死我了！"

龙王皱了皱眉，逼到鲨王面前，问："为什么要欺负一个小孩子？"

"他，他抢了我的令牌……"鲨王古迪又急又气，声音发颤。

龙王却并不认为有多么严重，说："一个小孩子，就是好玩嘛，你也不必下这种狠手呀！"

古迪无语，火气直冒，旧仇新恨一起涌上心头，瞪着龙王，发狠："你不要以为你是龙王，就可以为所欲为！我早就受够你了！告诉你，你就算有海大的本事，抵得过我千军万马吗？"说着，他狠狠地一甩尾巴，扫了一遍身后的军队。

龙王冷冷地看了一眼整齐的军队，问："看来，你是早有打算的吧？”

“没错，我训练这些军队，就是想等待时机，将你生擒活捉。你今天既然送上门来了，就别怪我不客气。我想从今天起，就把你的宫殿变成牢房！”古迪一甩头，那些鲨鱼一起聚拢过来，将龙王层层围住。

25 鲨王住进龙宫

“爸——不要啊！”雪隙猛地冲到古迪面前，使劲推着他，想让他放弃与龙王的争斗。

古迪一摆身子，将雪隙推到一边，吼道：“回家！听见没有，快回家！”目光就像两道闪电。

雪隙浑身抖了一下。她确实怕极了，突然间觉得四周的水变得非常重，骨头都有了压力。压力似乎越来越大，她担心会折断骨头，啪的一声，水翻浪卷，海底崩塌……

她一转身，穿过层层鲨鱼群，消失在峡谷中。

古迪这才松了口气，放心地盯着龙王。龙王回头望了一眼小青龙，挤了挤眼。古迪哈哈笑起来，说：“龙王也有害怕的时候，少见呀！”

“不是少见，是你根本就见不到。”龙王也轻笑了一声，“你以为这些鲨鱼就能吓倒我吗？也太低估龙族的胆识了吧！”

“你再有胆识，也经不住我这些精兵猛将的冲撞吧！他们练的可都是铁头功，你想试试吗？”古迪说着，一尾巴甩到最近的一条鲨鱼的头上，那鲨鱼果然一点也不怕疼。

“功夫是不错，可惜他们不会听从你的调遣。”龙王似乎胸有成竹，面带微笑地指了指四周的鲨鱼。

古迪冷笑一声，说：“哼，我是王，他们为什么不听我的命令？”

龙王没有直接回答，而是转头对小青龙说：“弦儿，给我。”

小青龙缩在旁边，吓得浑身发抖，手脚不知往哪里放，一听到爸爸的话，连忙跑过来，把令牌递过去，两眼巴巴地望着爸爸，好像只有不停地被使唤，才能忘记害怕。

龙王没再使唤他，而是一伸令牌，对古迪说：“因为这个在我手里。”

古迪愣了一下，马上又笑了起来，说：“真是幼稚，有我在，令牌有什么用！给我上！”说着，一甩头。

最前排的鲨鱼开始向前，直逼龙王。小青龙一把抱住龙王的腿，带着哭腔说：“爸，快逃吧！”

龙王没理儿子，把令牌用力往前推了一下，喊道：“你们都是正规军，知道军令是从令牌发出的。现在我命令你们，撤！”

鲨鱼们都愣住了，看看鲨王，又看看龙王，进退两难。鲨王喊“上”，鲨鱼们就进一步；龙王喊“撤”，鲨鱼们又退一步。就这样，鲨鱼们来来回回，有了规律，就像跳摇摆舞。

就在僵持不下的时候，蛇王带着蛇队追赶着一群小鱼，哗啦啦地从旁边经过。所有的鲨鱼都回头张望，垂涎欲滴。

龙王趁机下令：“令牌在此，大家听令，去追那群美味，不要让蛇得了便宜！”

谁会不愿意执行这种命令呢？有一条鲨鱼转身动了一下，所有的鲨鱼都生怕落后，哗地一下追美味去了。鲨王想阻拦，可是，凭他怎么喊叫，都没用。眨眼间，鲨鱼都跑光了，只剩下鲨王。

雪隙担心爸爸，一直没有远离，在鲨鱼群外等候。突然间，鲨鱼群向她扑来，她无处躲闪，被左一下右一下撞得晕头转向，有时还被大大的尾巴带到岩石上，撞得更惨。等鲨鱼群终于过去了，她已经躺在地上动弹不得。她看见爸爸孤零零地站在龙王面前，想喊却出不来声。

鲨王也感到了孤立无援，但要逃显然是做梦。他很清楚，论单打独斗，自己根本不是龙王的对手，于是，轻笑了一声，故作轻松地说："你，赢了。"

"是它赢了。"龙王晃了晃手中的令牌，一扔，令牌就晃晃荡荡地落到了地上。

鲨王紧盯着令牌，随时准备扑过来抢走。龙王笑了一下，说："军队没了，还要令牌有什么用？"

"我，我要咬碎它，我要吞掉它，我……"鲨王气得浑身发抖，并没有真的去抢令牌，只是远远地瞪着它。

"我要你到我家去小住几天，你肯赏光吗？"龙王眯缝着眼，盯着鲨王。

鲨王一愣，知道龙王不会放过自己，反抗只会更糟糕，只好笑了起来，说："当然，肯定，没得商量……"

"弦儿，前面带路！"龙王大喝一声，四周的海水震荡了几下。

小青龙搞不懂爸爸是什么意思，既然鲨王成了手下败将，为什么不痛揍他一顿？现在还要请他到家里做客，真是莫名其妙！但父命难违，他不敢怠慢，连忙跑到前面，瞪鲨王一眼，说：“跟我走吧。”

小青龙远远地跑在前面，生怕鲨王靠近，会咬他一口似的。龙王就跟在最后。鲨王夹在中间，老老实实的。

雪隙眼睁睁看着他们远去，倒没觉出有什么杀气，更像是一个杂牌军在练齐步走。

杂牌军进了龙宫，龙王顺手将大门关死。轰隆一下，吓得鲨王浑身一抖，抖完之后，又长叹一声：“唉——我不该说把龙宫变成牢房，现在坐牢的却是我。真是报应呀！”

“这里没有变，还是龙宫。”龙王好像一点也不紧张，像迎接老朋友一样上前指着一把石凳子，“你到这里不是坐牢，是上宾，我要好好款待你呀！”

鲨王一脸怀疑，望着龙王，不敢坐。

“天天把我关在这里，不让出去，还说不是牢房！”小青龙嘀咕了一句。

“你说什么？”龙王忽地冲到小青龙面前，一副要上课的样子。

小青龙吓得慌忙退后两步，摆着手，说：“我，我是说，我天天住在这里，怎么没感觉是牢房呢？”

龙王收回凶相，拍了一下儿子的脑袋，说：“去，把你最爱吃的美味都拿出来，我要和鲨王好好喝几盅。”

鲨王真的糊涂了，又不好多问，只得先坐下，不安地探头望着里面。小青龙正在翻箱倒柜，叮当哐啷，阵阵刺耳的声音传出来。鲨王心惊肉跳，怀疑这小家伙是不是在找凶器。

不一会儿，小青龙出来了，手里没有凶器，而是端着一个大盘子，里面装着各式各样的食物。啪嗒一下，他连盘子一起放在鲨王面前的石桌上。盘子里有两个酒杯，一壶酒。他就很麻利地倒上，给鲨王和龙王面前各放一杯，然后退下。

鲨王有点傻眼了，但心里机灵着呢。他寻思，这些食物看起来馋眼，闻起来馋鼻，可谁知道吃起来会不会中毒呢！嘿，这两条龙一定是做好了套子让我钻，我只要一吃一喝，立马倒地毙命，不用他们动一根指头……

鲨王正琢磨得后背发冷，龙王突然举杯过来晃了一下，说声“干”，然后一仰脖，真喝了。接着，龙王又抓起一块黑坨坨，美美地吃起来。

小青龙见爸爸心情好，就凑过来，问：“我能出去帮你们放哨吗？”

“这里没你的事了，去吧！”龙王挥了挥手，很爽快。

小青龙三蹦两跳，就钻出了门。龙王望着儿子的背影，摇了摇头，说：“他是真把龙宫当牢房。”一低头，见鲨王面前的杯子还是满的，就盯着不放。

鲨王不好意思地笑了笑，就伸脖子一口咬住杯沿，猛地一仰头，将酒倒进嘴里。放下酒杯，他突然感觉到一股温柔之气直冲脑门，不禁叹了一声：“好酒！”

龙王一边倒酒一边说：“这些食物味道更好呢！”

鲨王不好推辞，就伸嘴过去咬了一口。不咬不知道，一咬嘴里冒泡泡——那个美呀！他再也无法控制自己，发狠地想：就算这全是毒药，我也认了。真是白做鲨王这些年，从没吃过如此美味。今天吃个够，就算不做鲨王也值呀！

呱唧呱唧，一阵狂吃，杯盘狼藉，饱嗝不断。鲨王终于停住嘴，心满意足地望着龙王，说：“你的手艺真是世界第一，海里无双呀！咯喽——”话尾冲出一个嗝。

龙王一直笑眯眯地望着，举着杯子想劝鲨王喝酒，可鲨王根本不抬头。等鲨王终于肯抬头了，龙王才摆着手说：“哪里哪里，这都是弦儿的手艺。”

鲨王一惊，连打两个嗝，说：“哇呀，不得了，天才呀！”

“什么天才？每天我把他关在后宫不让出去，他闲着没事，整天就琢磨什么好吃，自己动手做了一些而已。”龙王似乎并不认为这是绝世美味。

鲨王更惊讶了，竖起脖子，又打了两个嗝，说：“我明白了，天才都是闲出来的。”

龙王轻扯胡须，笑了起来。

鲨王也跟着笑，可是，笑着笑着就停住了。他感觉肚子在快速膨胀，越来越大，疼得要命。他害怕了，问：“这，这是怎么回事？”

“哦，这一盘食品，我吃一顿正好。可是，你吃就太多了，相当于你半年的食量吧。特别是和酒混到一起，胀得更快。”龙王语气很平静，似乎早就料到了。

鲨王忍着疼，说：“你，你怎么不早说？”他心里想：龙王真狠呀，竟然要用食物撑死我。看来我真的上了他的套，他该得意了。

龙王却并没有得意之色，仍然很平静地说：“我刚才一直要提醒你，可你哪有空听呀！”

鲨王一想，也是，就不再责怪了，问：“你说，后果会怎么样？”

“从来没有做过类似的实验，只有等你的结果出来了，我才知道。”龙王无奈地皱着眉，表示爱莫能助。

“难道这就是我的命运吗？”鲨王长叹一声，眼睁睁看着自己像被吹的气球一样，一下一下地胀大。与此同时，他感觉脑袋也在膨胀，渐渐地，海水好像都变成了棉花，四周都轻飘飘软乎乎的，一层一层包裹着身体。包到后来，他什么都不知道了。

26 救父心切

再说亲亲，他看到雪隙伤得不轻，连忙把她抱到床上放平，扯来一些有疗伤作用的海草敷在她身上，想让她静养一下。可她根本静不下来，不停地喊：“爸爸被龙王抓走了！快救他……”边喊边想爬起来。

“别太激动，小心伤口！”亲亲伸手按住她，“爸是怎么被抓走的？反绑着，倒提着，还是斜拖着？”

“别说那么难听，好不好？咱爸是有范儿的。”雪隙甩脱亲亲的手，摆着尾巴逼到亲亲鼻子尖，“他是大大方方，大摇大摆地和龙王一起走的。”

“听你这么说，他是到龙宫做客去了。等吃饱了喝足了，他自然会回来，着什么急呀？”亲亲干脆一转身，躺在床上，闭目养神。

雪隙气得猛地摆动身子，甩掉身上的海草，一纵身冲出门去。等到了门外，她突然觉得自己好孤单，爸爸去了龙宫，不知死活；可恶的亲亲又撒手不管。现在已经没有退路，只有自己去救爸爸了。

她一边往前游，一边伤心地哭出声来：“爸，你可不能被龙王当鱼丸子吃了呀！没了你，我就没依靠了……”

“哟——要吃鱼丸子好办呀，哭什么？”

雪隙吓了一跳，定神一看，莫迪正不紧不慢地从岩石后面晃荡出来。她退了一下，警惕地盯着莫迪，哭也憋了回去。不知为什么，她一见到莫迪，浑身就不由自主地起鸡皮疙瘩。她总觉得莫迪眼中有一股隐隐的杀气，但他表面又装出一副讨好相。

莫迪拦住雪隙的去路，嘿嘿笑了两声，说：“发生了什么事？告诉莫叔叔，没有摆不平的。”

雪隙有点后悔刚才太冲动，把亲亲甩在家里。她决定回去找他，有他在，她心里才会踏实。于是，她一转身，就往回游去。

莫迪大笑起来，说：“你不告诉我，我也知道，你爸爸出事了，对不对？”

雪隙愣了一下，回过头，问：“你，你是怎么知道的？”

“嘿嘿，你还当这是秘密呀？去问问海里的活物，看看哪个不知道？”莫迪往前凑了凑，一副关切的神情，“我来就是帮你想办法，要尽快救出你爸爸。那里可是龙宫呀，不是咱们鲨鱼待的地方，搞晚了，你爸爸性命难保呀！”

雪隙一听，就慌了神。病急乱投医，她也顾不得对莫迪有多厌恶，望着他，等着他拿主意。

莫迪摇头晃脑，假装考虑了半天，说：“我也没有办法，现在，我们唯一能做的就是到龙宫去看看。”

雪隙觉得只有这样了，就跟着莫迪一起向龙宫去了。

鲨王在不断膨胀中昏睡过去。龙王一把将他提起来，带到后宫，放到一张石板床上，轻笑了一下，说：“没事的，睡一觉，气就消了。”

小青龙突然闯进来，大喊：“不好，莫迪，他来了！”

龙王一惊，一把将儿子拉过来，说：“你看住他，我出去看看。”

由于用力过猛，小青龙被推到了鲨王身上。鲨王被撞得哼哧直喘，但并没有醒来。小青龙也吓坏了，连忙爬起来，回头望时，龙王已经冲出去了。

龙王来到门外，看见只有莫迪和雪隙，就笑了起来，说：“我还以为你又带着部队来了呢，正准备出来过过手瘾。”

“岂敢岂敢！我是来给龙王贺喜的呀！”莫迪说着，用尾巴轻轻将雪隙扫到身后，让她别插嘴。

龙王一脸不解，皱眉想了想，说：“哦，我明白了，我和鲨王打起来，应该正是你想看到的。我应该给你贺喜才对吧？”

“我爸怎么样了？你快放他出来呀！”雪隙不想听他们这么多废话，突然冲到前面来。

“在龙王面前要有礼貌！”莫迪连忙将她挡住，“龙王是海底之王，胸怀四海，做事极有分寸，不会伤害鲨王的。”

龙王有点好奇，望着莫迪，说：“你这么有把握？”

“你要杀鲨王，早在峡谷里就动手了，何必带到龙宫来？那样不弄脏了宫殿吗？”莫迪往前游了几步，望着龙王，“而且，你一旦杀了鲨王，小黄龙是不会原谅你的，这就意味着你将永远失去一个儿子。你现在活捉了鲨王，就掌握了主动权，不怕小黄龙不到你身边来！这正是我要恭喜你的。”

心思全被说破了，龙王睁大眼睛望着莫迪，突然笑了起来，说："你如此聪明，真该坐鲨王的位置。"

"龙王言过了，我是心甘情愿地辅佐鲨王，从来没想过要坐那个位置。现在鲨王有事，我当然要来看看他。这是我的责任……"莫迪做出一副很真诚的样子。

龙王却不买账，一伸手打断他的话，说："谢绝！谁也不能看鲨王，除了小黄龙。"

雪隙一直盯着大门，那里，小青龙伸着脑袋，冲她做鬼脸。趁龙王在说话，雪隙准备溜过去看看门里，可她刚往前凑了一下，龙王就一伸手，将她挡了回来。

雪隙使劲扭动身子，想冲过去，反而被龙王甩得更远。她哭喊起来："我要看我爸，让我进去！我要进去！"

莫迪连忙上前劝阻，说："我们回去吧，龙王的话已经说得很清楚了，是不可以违抗的。"

龙王一听这话，赶紧端足架子，胡须都竖起来了，只是鳞片不像以前那么威风，没有了光泽，像年久失修的瓦片。他上眼皮向下，俯视着雪隙，让自己足够威严。可他不知道，小青龙正在他屁股后面不停地张牙舞爪，冲雪隙挤眼睛呢。

这父子俩，雪隙一个也看不下去了，就干脆听了莫迪的话，转身回家去了。

亲亲其实一直没有远离雪隙。他放心不下，等雪隙一出门，他就悄悄地跟在后面。后来，雪隙哭得厉害，他准备上前劝慰一下。这时，他看见莫迪在岩石后面转悠，就知道这家伙又要吐什么坏水。为了看个究竟，他就躲着没现身。

果然，不一会儿，他看见莫迪转出来，拦住雪隙。只要莫迪有伤害雪隙的举动，他就随时准备冲出去。可是，莫迪并没有伤害雪隙，而是带着她到了龙宫门口。刚才的一幕，他都看得清楚。但有龙王在，他就更不想现身了。

等雪隙转身回家的时候，他动作更快，一眨眼就消失了。

雪隙一回家，见亲亲还躺在床上，气得都快爆炸了。她冲过去，使劲撞了他三下，把他推到床下，才瞪着眼睛，说："我看你是吃了石头，心肠这么硬！"

亲亲假装刚睡醒，揉搓着眼睛，问："你说什么？石头也可以吃吗？"

雪隙无语，真恨不得捡一块石头塞到他嘴里，结果一时气糊涂了，自己一头撞在了石头上，疼得浑身乱摆。

亲亲刚准备过去帮她看看，就见莫迪进来了。于是，他停住，望着莫迪。

"哎哟，你可真是心宽呀，鲨王都被关到龙宫里了，你一点也不着急，是吧？"莫迪直逼亲亲面前，一脸的责怪。

亲亲伸手摆了摆，说："我也急呀，可是，我能救他吗？"

"唉，你说对了，还只有你能救他……"莫迪好像早就迫不及待地要说这句话。

雪隙一甩尾巴，打断莫迪的话，说："你先回去，这件事，我慢慢对他说。"

莫迪愣了一下，又笑了起来，说："好，好，你们慢慢说，可是，别太慢了，鲨王危在旦夕呀！"说着，他就转身出了门，尾巴狠狠一甩，掀起一股浪。

屋里静下来。雪隙久久地望着门外，沉思，好像在考虑那个浪头的来龙去脉。其实，她现在非常为难：龙王点名让亲亲去，一定是有什么用意。爸爸是要救，可是，她也不想让亲亲受委屈……

亲亲来到她身边，轻轻推了一下，说："有什么话就直说吧，你还信不过我吗?"

雪隙望着亲亲，表情很复杂，嘴唇动了几次，吐不出一个字。亲亲急了，小声说："我和你一样，愿意为爸爸做一切事情。"然后，就直直地盯着她。

雪隙感觉自己没有退路了，只好吞吞吐吐地说："龙王，他说，谁也不能去看爸爸，除了你……"

哈——亲亲大笑起来，说："我当什么事呢?这不挺好吗?我这就去!"

"可是……"

"没有可是，只要能救出爸爸，我愿意做任何事情。"亲亲一伸手，止住雪隙。

雪隙吞了吞口水，说："我不愿意!你们两个，我都不想……"

亲亲笑了，扶住雪隙，说："看你急的，我去是看爸爸，又没说不回来了!"

雪隙也不想把自己的担忧都说出来，现在也只有先去龙宫。

雪隙再一次来到龙宫，龙王态度大变，热情出迎。当然，她知道龙王是冲着亲亲来的。

亲亲并不领情，一脸的淡然，开口就问："我可以进去看看我爸爸吗?"

龙王愣了一下，尴尬地笑着，说："当然，当然，我还可以放了他。"

"真的就这么放了他?"亲亲追问。

“当然有条件，不过，条件很简单，我想，是个君子协定，只看你愿不愿意？如果你愿意呢，什么都好说，如果你不愿意……”龙王似乎得了多话症，似乎变得有点不自信了。

“有话直说吧！”亲亲不客气地打断，直直地盯着龙王。

龙王愣了一下，说：“好，爽快！你看你能不能留下来？”说完，他张着大嘴，望着亲亲，好像等着什么好吃的食物。

亲亲笑了一下，说：“没问题，我留下，你马上放了我爸。”

龙王喜得直搓手，刚准备进门，就听雪隙大喊：“不行，我不同意！”

27 石子游戏

亲亲回过头来，安慰雪隙："别担心，我留下来不会有事的。"

雪隙直接冲到亲亲面前，拦住去路，说："你没事，我有事呀！你是我弟弟，他是我爸爸，在我心中都是一样重，我们都是一家的，我怎么可以让你去换他呢？"

亲亲一时不知怎么说，愣住了。

"小丫头，你和他是一家的？"龙王哈哈笑了起来，指了指小黄龙，"你长什么样？他长什么样？只要不是瞎子，都一目了然。"

雪隙憋了一肚子气，强忍着，吞了几口水，瞪着龙王说："没错，他长得和我是不一样。可是，他出生在我家，我们一直生活在一起，心灵相通。这还不能算一家的吗？他虽然和你长得很像，但你们的心灵是隔断的，就算在一起，也不会开心。"

龙王一时无话可说。亲亲也被雪隙的一番话感动了，一脸信任地望着她。

雪隙没再多说，递给亲亲一个眼色，转头游走了。亲亲只好冲龙王伸了伸手，表示抱歉，然后，跟着雪隙去了。

龙王望着小黄龙的背影，长叹一声。

小青龙连忙上前讨好，说：“父王，要不要我去把他们追回来？”

“追什么呀！”龙王拍了一下小青龙的脑袋，“没听说过吗？强扭的瓜不甜。”

小青龙没趣地躲到一边，拍了拍自己的脑袋，啪啪两响，自言自语：“是呀，这瓜还没熟，怎么会甜呢？”

亲亲追上雪隙，回头望了望，离龙宫已经很远了，就问：“我们回家了，爸爸怎么办？”

雪隙也是眉头紧锁，摇了摇头，说：“不过，我刚才观察龙王的神态，他不会对爸爸怎么样。他的目的很明显，就是想让你住进龙宫。这次他没有达到目的，一定还会再来找你的。我们先回去，再想办法吧！”

一时间，亲亲觉得雪隙变得沉稳了，好像长大了不少，暗暗佩服，就顺当地跟着她回家了。

雪隙说得没错，龙王确实没想把鲨王怎么样。鲨王醒来之后，发现龙王好吃好喝地供着，也没有任何伤害他的迹象，只是不让出宫。他很奇怪，见小青龙在一边游玩，就喊过来问：“喂，你爸爸到底是什么意思？抓了我来，不打也不骂，干晒在一边，整天好吃好喝的，把我当猪养呀！”

“嘘——”小青龙望了望前庭的龙王，小声说，“这叫软禁，懂吗？我从小就是这么过来的。你这才几天呀，就叫嚷，太嫩了吧！”

鲨王被这小兔崽子说得一愣一愣的，一肚子气也不敢发，忍了半天，才问：“那，你说说，这软禁，时间长了是个什么感觉？”

“自己找乐呗！”小青龙很肯定地伸出手掌，“我的格言是，哪怕只有巴掌大的一块地盘，我也要找到海大的快乐！”

鲨王被感染了，心动了一下，觉得这小家伙真不简单，就追问：“在你的地盘上，你怎么找乐呀？”

“扔石子。”小青龙指着旁边的一堆小石子，“这个游戏我们俩玩更有意思。我们各有一堆石子，我先扔给你一颗，你接不住，我就再扔，你接住了，就该你扔给我……”

“简单简单，真是小儿科。”鲨王不等说完，就跑到另一堆石子边上，“你先来，让我瞧瞧，这么弱智的游戏怎么找到乐趣！”

话音未落，嘣的一声，鲨王觉得脑袋一蒙，中弹了。他刚想喊，又一颗石子打到脑门上，顿时肿起一个大包。紧接着，石子就像长了眼生了脚，一个接一个往鲨王这里飞跑，有的跑到头上，有的跑到身上，更多的跑进了嘴巴里，让他想喊都喊不出声……

鲨王实在受不了了，不得不东躲西藏。可是，小青龙打到兴头上，不肯放过，追着鲨王满院子乱跑。鲨王蒙头蒙脑地逃跑，不停地撞在石柱石壁石桩上，咚咚乱响，惊动了前庭的龙王。

龙王来到后院，一看乱了套，大喝一声：“住手！”

小青龙吓得一哆嗦，手里捏的石子掉了一地。鲨王一直盯着小青龙的手，见石子落地，自己的心才踏实，扑通一声，倒在地上。

“我给你立的规矩，你又忘了吗？”龙王冲到小青龙面前，火气直冒，“是第几项第几条说的，不准虐待贵客，你忘了吗？”

小青龙为了免遭皮肉之苦，连忙后退几步，躲得远远的，才说：“我，我没有虐待他，我，我是在和他玩游戏。不信，你问他！”说着，指了指地上的鲨王。

龙王转头望着鲨王。鲨王喉咙里卡满了石子，伸着脑袋说不出话。龙王就过去一把将鲨王倒提起来，猛地抖了一阵，从他嘴里抖出了一大堆石子。然后，龙王一松手，鲨王又重重地摔在地上。

鲨王喘了好半天，见龙王一直等着答案，就忍着浑身的疼痛，说：“哎哟，是游戏。哎哟，这小孩子的游戏也太刺激了一点……”

“不是刺激，简直就是疯狂！”龙王并没有消气，转头对小青龙下禁令，“从现在起，不准玩游戏！”

“游戏也不让玩，我会闷死的。”小青龙嘟着嘴。

龙王手一伸，一副要教训小青龙的架势。小青龙闭上眼睛，捂着脑袋，等着吃“板栗果子”。突然，响起了敲门声。龙王的手在空中晃了一圈，忍了忍，收了回来，出去开门。

门外是蛇王，在他身后有一群蛇，托着一个大盘子，里面装着一堆黑乎乎的东西。龙王一开门就闻到一股怪味，不禁皱了皱眉，问：“有什么事吗？”

蛇王回头吐了吐信，让小蛇们把盘子抬上来，说：“这是我们刚刚研制出的新食品，叫蛇形大餐，采用了海底许多动植物的精华，经过特殊工艺秘制而成，有延年益寿的功效。特来献给大王！”

龙王本来很讨厌蛇王，觉得这家伙弯弯肠子太多，表面一副百依百顺的样子，背地里尽使坏，可是，转念一想，这么难得的食品，不要白不要。于是，他就咳嗽了两声，显得很大度地说：“啊，本来嘛，我是不能要你的东西的，可是，你辛辛苦苦送来了，再让你拿回去，也不太近情理。这次就收下吧，下不为例哟！”

“下不为例，下不为例。”蛇王一边笑容满面地点头，一边示意小蛇们送进去。

小蛇们抬着盘子进了龙宫，蛇王也趁机溜进去，四处张望。他一眼就看到了后院的鲨王，吃了一惊。因为鲨王满头是包，浑身是伤，躺在地上直哼哼。

龙王也没有解释，冲过来挡住蛇王的视线，不冷不热地说：“没什么事的话，你可以走了。”

“这就走，这就走。”蛇王连声应着，又抻长脖子望了一眼后院，才转头离开。

龙王望着远去的蛇王，心里嘀咕：到底是来送食物，还是探听虚实？这家伙总是一肚子弯弯肠子，谁也看不到头。

“阿——嚏！”小青龙不知什么时候来到了盘子边上，围着食物转来转去，想下口又怕爸爸骂，口水直流，一个喷嚏射到了食物上，溅起一团黑雾。

龙王冲过来猛地拍了一下儿子的脑袋，骂：“想吃是不是？”

小青龙被拍得眼冒金星，不知是该点头还是摇头，脑袋乱晃荡。

“那就快去把门关上呀！别让自己的丑相曝光了！”龙王一

屁股坐到盘子边上，望着大门。

小青龙愣了一下，明白爸爸的意思，连忙朝门口跑去。龙王一见儿子转身，飞快地伸手挖了一个黑坨坨放进嘴里。嗯，闻起来臭，吃起来香，果然是不一般哟。

小青龙猛一回头，喊："爸，你在干什么？"

"剔牙，呵呵，昨天就塞了牙缝，到现在还不出来，真是的。"龙王为了让儿子信自己，还故意吐了两下。

小青龙把门关死了，跑过来一看，盘子里挖了个黑洞，就大呼上当，埋头猛吃。龙王看了一眼大门，很严，就管不了许多，和儿子抢着吃起来。等盘子被舔得底朝天之后，龙王才猛地想起后院还有一位，担心地拍拍儿子，问："我们这样，算不算虐待贵客呀？"

"不算，不，算。"小青龙打着饱嗝，摸着鼓鼓的肚子，"这最多只能算是没有优待嘛。"

龙王松了一口气，放心地靠在椅子上，开始剔牙了，边剔边嘀咕："年纪大了，牙就是大问题呀！"

其实，鲨王早就看到了前庭的情景，鼻子一皱就闻出了蛇王送来的是什么东西。他只是装着不知道，躺在地上继续哼哼，心里暗笑：好家伙，这龙王父子今晚不把厕所坐穿，才怪！

果然，天一黑，动静就大了。首先是龙王喊肚子疼，忍不住往后院厕所里钻。他在里面蹲了没一会儿，儿子就在外面喊："快点，我忍不住了！"

龙王只好出来，让儿子先进去救急。儿子还没蹲好，龙王又忍不住了。就这样，父子俩就守着厕所进进出出，一直折腾到天快亮了，才筋疲力尽地躺下。

龙王一躺下，头脑就清醒了，突然意识到这与蛇王送来的食品有关，就突然坐了起来，咬牙切齿地说：“我要杀了他，杀了他！”

一开始，鲨王假装睡着了，偷偷看笑话，看来看去，就想笑，可只能硬憋着，憋久了也想上厕所。他就不敢再看了，把头转向一边。没了笑话看，一阵迷糊，他就睡着了。

鲨王正在睡梦中，听到龙王的叫声，吓得竖起来，摸黑就想逃，一头撞到石壁上，又晕厥过去。

28 换出鲨王

整个事态，莫迪一直在暗地里关注。他希望有惊天动地的事发生，希望鲨王再冲动一点，跟龙王血拼到底。那样，他不是天下第一也是海中第二呀！

可是，他一看到雪隙和亲亲在龙宫门前转了一圈，又不疼不痒地回去了，心里就急得直冒泡。回到家里，他不停地撞墙，撞一下就发一句狠话："为什么不打？为什么不杀？为什么没有一点变化……"

"要什么变化呀？是想把这房屋撞倒了，换新的吧？"突然，一阵尖笑声传来。

莫迪停止撞墙，转头一看，是蛇王，就放心地大声说："你看看，闹腾了半天，一点效果也没有嘛。好不容易让龙王和鲨王干起来了，可是，结果怎么样？风平浪静，唉，真是的！"

"非也，非也。"蛇王竖起身子，摇晃两下，摆出一副很有学问的样子，"依我看，海底就要乱套了。"

"乱什么套呀？小黄龙都回家睡觉去了。"莫迪直摇头，根本不信蛇王。

蛇王尽量把身子竖起来，挺起肚子，摇头晃脑地说："据我所知，小黄龙能放心地回家睡觉，是因为他根本不知道龙宫里发生了什么。如果他知道龙宫里发生了什么，别说睡觉，就是让他吃美食，他也会喉头发硬，难以下咽呀！”

“龙宫里到底发生了什么？”莫迪不耐烦了，用尾巴狠狠扫了一下蛇王的脑袋。

蛇王哎哟一声倒地，把摔出来的火气强吞进去，挤出笑，慢慢爬起来，说：“你还不知道吧，我刚去给龙王献了美食，龙王盛情款待了我，邀请我尽情参观龙宫，还，还准备留我住一晚呢。唉，我享受不起，睡觉择床，只好婉言谢绝了。龙王当时拉着我，那个不舍呀……”

“废话少说，你到底看到了什么？”莫迪又一尾巴扫来。

蛇王这次早有准备，一低头躲了过去，尖笑了两声，说：“心急吃不了热豆腐，手急碰不得仙人掌。你听我慢慢说嘛，我当时就是在龙宫慢慢地逛……”

莫迪的尾巴又举了起来。蛇王连忙摆两下身子，说：“好，好，我快点逛。这一逛不打紧，我的神呢，你猜我看见了谁？鲨王……”

莫迪受不了蛇王没完没了卖关子的样子，猛地喷了一口水，冲得蛇王站不住。他不屑地说：“我不看也知道鲨王在龙宫里，还用你说？”

“可是，你知道鲨王成什么样了吗？”蛇王得意地一笑，声音很尖，“那个惨呀，你就是撞破脑壳也想不出来。龙宫从外面看平安无事吧，可龙王狠着呢，关着门就揍，把鲨王打得满头是包遍体鳞伤……”

“是真的吗？”莫迪两眼放光，好像听到了海大的喜事，

“你亲眼看到了？是怎么揍的？”

蛇王这下来劲了，刚要表演，却发现自己没有手，无法演出龙王的神韵，就泄气地说：“唉，不管是怎么揍的，这回肯定有戏了。你想呀，龙王想要小黄龙回去当儿子，小黄龙如果知道鲨王在里面被揍得死去活来，还会回去睡觉吗？”

“对，我这就去转告小黄龙。”莫迪总算听到了一句有用的话，连连点头，“你刚才说什么？你去给龙王献美食了？你倒挺会巴结的！”

嘿嘿，蛇王尖笑两声，说：“什么美食？其实就是我积攒了大半年的粪便，再加入大量的香料，混合在一起，我说是啥就是啥了。”

莫迪听完，大笑起来，喜过了头，忘了是在自己家，只管和蛇王道别：“你待着，我先找小黄龙去了。”

蛇王也不客气，大声说：“走好，不送啊！”

莫迪一路哼着歌，来找小黄龙。在进门之前，他有意停顿了一下，让自己的表情尽量悲伤一点。等进了门，他又尽量使用颤音，把鲨王在龙宫的不幸遭遇讲给小黄龙和雪隙听。他一边讲一边偷偷观察小黄龙的表情，见小黄龙面露焦急之色，就把暗笑变成两声咳嗽。

雪隙觉得莫迪表情很古怪，就问：“你感冒了吗？”

“啊？哦，是有一点。”莫迪表情依然古怪，“这几天为你爸爸的事操心着急，睡不着啊！你看，我又无能，打，打不过龙王，骂，骂不过……”

“我知道了，你回去好好休息吧，剩下的不用你操心了！”雪隙相信莫迪的话，但讨厌看到他的神情，就打发他先回家了。

小黄龙一声不吭，等着雪隙发话。依他的想法，直接把爸爸交换回来，爸爸就不会受那么多苦了。可是，他又不想违背雪隙的意愿，这就让他左右为难了。

雪隙也是左右为难，一边是爸爸，一边是亲亲，失去哪一个，她都不愿意。她只有来到亲亲面前，茫然地问："我该怎么办？"话音未落，眼泪就出来了。

"去找龙王商量，答应用我换回爸爸。那样，爸爸就安全了。"亲亲顿了一下，盯着雪隙，"龙王不会对我怎么样的。"

雪隙点点头，不敢看亲亲的眼睛。

他们来到龙宫，龙王迎出来，一脸虚脱的样子。雪隙小声对亲亲说："哇，你看龙王都成了这种样子，还不知把爸爸折磨成什么样子了！"

小青龙也跟出来看热闹。雪隙一看他疲惫不堪，更担心了，说："他也参与了折磨我爸爸，他们父子一起下手，可真够狠的……"

亲亲没有作声，把雪隙拉到身后，直直地盯着龙王，问："你说过的话还算数吗？"

"我说过很多话，不知你说的是哪一句？"龙王身子有点歪，眼睛有点花，脑袋也有点蒙。

"我住到你家来，你就放了我爸。"亲亲伸头看了看门里，什么也没看到，心更急了，"我想好了，答应你了。"

龙王摇晃了两下身子，似乎清醒多了，不过一点也不激动，转身就往门里钻，甩下一句话："好，进来吧。"就不见影子了。

亲亲走到门边，没有进去，伸头望了望里面，没见龙王，就问小青龙："你爸呢？"

"在更衣。"小青龙说着，揉了揉自己的肚子。

"更衣？好好的，更什么衣呀？"亲亲刚才没觉出龙王有什么不整洁的。

小青龙皱了皱眉，说："就是拉稀！你非要逼着我说，我一说，自己也要拉了。"话音未落，他就向后院跑去。

鲨王刚刚从昏迷中醒来，见龙王父子又在抢厕所，以为他们一直抢到现在，就忘了疼，笑出了声。

雪隙跟着亲亲来到后院，见爸爸浑身是伤，还在傻笑，就担心地说："坏了，他神经受刺激了，恐怕……"

亲亲示意雪隙不说话，小声说："折磨成这样了，能不受刺激吗？"

这时，龙王从厕所钻出来，小青龙第一时间钻了进去。亲亲搞不懂父子俩玩的什么游戏，只向雪隙做了个手势，让她到爸爸身边去。

雪隙摇晃着尾巴，来到爸爸身边，没说话，泪先流。鲨王奇怪地盯着女儿，问："唉，你们怎么来了？这里可是龙宫啊！"那语气，好像只有他鲨王才有资格来。

雪隙一听，更肯定爸爸神经错乱了，就伤心地叹了口气，说："爸，我来带你回家。"

"回家？太好了。"鲨王爬起来，有点疑惑地望着龙王，"你真的答应放我回家？"

龙王看了一眼旁边的亲亲，然后，很肯定地点点头。

这时，小青龙从厕所钻出来，冲龙王喊："为什么不把雪隙留下来呢？"

“你懂什么！”龙王生气地瞪了儿子一眼，突然放了个很响的屁，肚子又闹腾了，就连忙冲鲨王挥挥手，“走吧，你们快走吧！”一转身，进了厕所。

鲨王并不着急，冲着厕所喊：“告诉你，吃点贴岩草，肚子就好了！”

雪隙害怕龙王改变主意，连忙拱了爸爸几下，催促着出了门。到了门口，她回头对亲亲说：“有空我会来看你的。”

亲亲还没回答，小青龙抢到前面，笑嘻嘻地说：“欢迎，多来看我们！”

雪隙瞪了他一眼，转身离开了。

一路上，鲨王想着龙王抢厕所的样子，就不时地笑一下。雪隙望着爸爸，担心地问：“爸，你在龙宫受了不少苦吧？”

“没有，挺好的。”

雪隙不信，又问：“龙王折磨你了吧？”

“没有，怎么会呢？”

雪隙不信，又问：“小青龙也一起折磨你了吧？”

“没有，都对我挺好的。”

雪隙不信，又问：“那你这些伤是哪里来的？”

“玩游戏，玩输了。哦，这头上的肿块是自己撞到墙上了。”

雪隙不信，打死她也不信，她暗叹：唉，龙王好狠呀，不光折磨身体，还折磨心志。我爸都快被他折磨死了，还不说一句怨言。这是什么手段呀！

一时无话，雪隙默默地陪着爸爸赶路。到了家门口，她以为可以好好休息了，谁知刚一推门，就听里面轰隆作响，好像海要翻了。她暗叫一声：“真是祸不单行！”转身推着爸爸就逃。

29 蛇王遍布信息网

鲨王也吓了一跳，慌着逃跑，一转身，拼命一冲，却一头撞到了一块岩石上，轰隆一声倒在地上，动弹不得。

雪隙心里急呀，抬，抬不动，推，推不动，围着爸爸直喊“我的神”。身后传来更大的响声，铺天盖地。雪隙知道逃是不可能了，就趴在爸爸身上，想尽量用自己小小的身子把爸爸护住。

她不敢抬头看，但能感觉到，四面已经被团团围住了。她浑身发抖，咬紧牙关，等待着大祸降临。可是，半天没有遭到攻击，竟有一阵阵笑声传来。

她觉得奇怪，抬头一看，是莫迪带着一大群鲨鱼，蛇王带着小蛇和蛇群，大家都一脸笑容，亲切地注视着雪隙。雪隙慢慢起身，一脸不解地望着莫迪。

莫迪很夸张地扭动了一下身子，说：“我们知道鲨王今天回家，就偷偷地集中过来，要给你们一个惊喜。刚才我在门缝里看到你们了，就一起敲击石壁，表示欢迎。没想到把你们吓成这样。算了，我们还是来个明的吧，一起跳舞欢迎！”

“好呀好呀！”蛇王首先扭动起来，细长的身子都扭成了麻花。小蛇觉得好玩，也跟着扭起来，一时间，所有的鲨鱼和蛇都扭动起来。

雪隙很惊奇——他们怎么知道爸爸要回来呢？不可能呀！除非他们会预测……

她知道现在不是解答这个谜团的时候，爸爸还在昏迷之中，她轻轻地摇晃着，渐渐地，爸爸就醒了过来。

“什么声音这么吵呀？”爸爸轻声问。

“你们太吵了！”雪隙大声喊。

鲨鱼和蛇都愣住了，停止跳舞。蛇王看着莫迪，莫迪直摇头。

鲨王突然张大嘴巴一脸痛苦地对女儿说：“你的声音比他们要厉害十倍，他们的只是噪音，你的就是刀子呀！”

雪隙不好意思地笑了笑，说：“知道了，我不叫就是了。”

小蛇叫了起来：“我看出来了，鲨王需要休息！”

蛇王一尾巴将儿子捞到身后，厉声喝道：“不要乱叫，小孩子懂什么？”

雪隙这次力挺小蛇，说：“连小孩子都懂，你们还不懂吗？我爸很累了，最好的欢迎仪式就是，让他清静一下！”

蛇王又望着莫迪。莫迪无语，只得摇晃两下脑袋，吐出一个字：“撤！”

哗啦啦，所有的鲨鱼离去了，所有的蛇也离去了，就像一个喧闹的世界突然被抽空了。鲨王艰难地爬起来，久久地呆望着远去的浪头，不知是在思考，还是在留恋。

雪隙先进了屋子，把床上乱七八糟的石块拱下去，整理完毕，发现爸爸还在屋外发呆，就悄悄地来到爸爸身边。她一句话也不问，因为她知道，爸爸如果有什么要说的，不用问，马上就能听到。

果然，片刻安静之后，爸爸侧头看了一眼女儿，叹了口气，说：“刚才的情形你都看到了吧？”

“当然，我又不瞎。”雪隙嘴巴一歪，“我讨厌他们，凭我的第六感，我认定他们都没安什么好心。”

“你的感觉没错，我比你更讨厌他们，甚至是恨。”爸爸眼中闪过一道光，就像闪电划过海水，瞬间即逝，“可是，你别忘了，没有他们的存在，就没有我的权威。这就好比，他们既是我的朋友，又是我的敌人。”

“哇，好复杂呀！”雪隙瞪着眼睛直摇头，“你不觉得这样很危险吗？”

“危险？呵呵！何止危险？我每天都生活在刀尖上。”爸爸很郑重地望着女儿，“权力，你懂吗？只要有生命存在，就会有权力斗争。只要有权力斗争，就会有生命的危险。”

“这么说，你还要斗下去了？这次吃的苦头还不够吗？”雪隙很不解地摇着头，“我每天都跟着你担惊受怕，为什么不能过平平静静的日子呢？”

“不是我不想，是我不能呀！我可以肯定地告诉你，当我想平静的时候，我就要触摸到我的末日了。不过，我会尽力保护你的，只要我活着，就不会让你受欺负！”爸爸说着，一头将女儿挑到后背上，驮着就进屋去了。

女儿趴在爸爸背上，感觉是那么宽大厚实，就轻轻地把脸贴上去，满满的心思。她暗想：爸爸要真的能保护我，就不会让亲亲住到龙宫去。不知亲亲现在怎么样哦。

惦记着亲亲的不止雪隙。这不，从鲨王家一撤走，来到隐蔽地带，莫迪就和蛇王叨咕开了。蛇王是很得意的，因为他在四处都安排了眼线，密切注视着海里的动静，只要一有浪花，他就能在第一时间知道。

莫迪也很佩服蛇王这一点，因为蛇先天的身子优势，可以潜伏在任何地方。而他的手下都是些傻大黑粗的鲨鱼，走到哪里都是个大目标，别说潜伏，还离好几里地呢，就能吓跑成群的鱼虾。所以，他每次只能找蛇王打听消息。

这次蛇王预测鲨王回家，那个准呀，让莫迪佩服得脑门芯子发疼。不过，准归准，鲨王回来终归不是什么好消息，莫迪内心是巴望着鲨王永远回不来的。鲨王一回来，事情就又归于风平浪静了。想再做文章，有点难——不如再探听一下小黄龙的消息，从他身上说不定能做出大文章呢！

莫迪把自己的想法告诉了蛇王。蛇王嘿嘿笑了两声，说："这还用你说吗？我的眼线一直密布在龙宫四周，只要一有浪花涌动，就逃不过我的信息网。"

莫迪一边高兴得直点头，一边害怕得后背发冷。他暗想：蛇王确实太可怕了，幸好现在的海底，还是靠力气说话。如果到了信息时代，蛇王绝对称霸。哼，等我掌了权，要把蛇全部消灭干净，一条不留……

蛇王看出了莫迪复杂的眼神，就问："还有什么担忧吗？"

"我在想，怎么才能在小黄龙身上做文章？"莫迪故意皱眉，一副苦恼相。

蛇王笑了一下，说："放心，只要能掌握第一手信息，一定能找到破绽。俗话说，苍蝇不叮无缝的蛋。龙宫是个有缝的蛋，我们肯定能叮出个窟窿来。"

莫迪觉得只有先这样，就和蛇王分手，各自领兵回营。

小黄龙确实是备受关注的焦点。龙王把龙宫大门一关，就决定给小黄龙过一个隆重的生日。他一直觉得自己亏欠小黄龙太多，想尽量弥补一下。

小青龙有点不高兴了，问："他的生日是今天吗？我明明记得不是哦。"

小黄龙也觉得奇怪，说："是呀，我的生日不是今天。"

"你有所不知呀！"龙王笑着摸了一下小黄龙的头，"今天是你加入我们龙族的第一天，也就是你重生的日子，我想把你的生日就定在今天，你看怎么样？"

小黄龙连连摆手，说："龙王的美意我心领了，但改生日万万不可。我是在雪隙一声声的呼唤声中破壳而出的，那是一个十分美好的日子，我第一眼见到她的感觉，根本无法用语言形容。生日是用来纪念那一刻的，我只认定那一个生日。"

小黄龙语气虽然温和，但透出坚定的气息。龙王尴尬地笑了两声，说："哦，好，是呀。生日就不改了，今天还是要庆祝，就算是你的回归日吧，哈——"

"我看也没什么可庆祝的。"小黄龙仍然是温和的口气，"我到龙宫，并没有回归的感觉。我只知道，我是为了救我爸，才来到这里的。我是个男子汉，说话算数，我能在这里住下，但这并不代表我会开心。"

龙王这回真的下不了台了，原地转了三圈，火气就开始往上冒。还是小青龙乖巧，连忙上前劝慰龙王，说："不庆祝也好，正好留着精力办正事嘛。等哪一天他开心了，我们再庆祝也不迟呀！"

龙王正找不到出气口，一下把火气发到小青龙身上，吼道："还有什么正事要办，啊？"

小青龙吓得一哆嗦，后退两步，吞吞吐吐地说："你，你不是说，要，要找蛇王算账的吗？他，让我们拉肚子，哎哟，我现在还觉得疼呢！"

龙王一愣，这才想起真的还有正事要办，低头想了想，对小黄龙说："不管你怎么想，我得告诉你，你是龙族的一员，龙族是最威猛无敌的。走，我带你出去见识见识。"

龙王仨前脚刚迈出龙宫，蛇王就已经得到了信息，说龙王直奔蛇穴而来。蛇王吃了一惊，不知是福是祸，赶紧带队迎接，并派儿子小蛇前去打探。

不一会儿，小蛇和龙王一行同时到达，小蛇被龙王倒提着，不停地叫喊："疼死了，放开我呀！"

蛇王连忙迎上去，点头行礼，说："不知小儿犯了什么过错，还望龙王松手，我来替他赔礼了！"

龙王怒目圆睁，说："你替他赔礼？我正是来找你算账的！"说着，一把将蛇王的脖子捏住，提了起来。

蛇王身子乱扭，嘴巴大张，眼珠外翻，眼看就要被活活捏死了。

30 毁坏珍品

小黄龙猛地抓住龙王的手腕，定定地望着龙王，说：“就算蛇王罪该万死，也要让他先说句话，死个明白呀！”

龙王一惊，看着小黄龙，眼睛躲闪了一下，手就松开了。蛇王落地，不停地抻着脖子，哎哟直叫。小蛇也落地，逃到蛇群中去了。

小青龙绕过去，偷偷靠近小蛇，一把揪住他的尾巴。小蛇吓得大叫：“我什么也没做，你为什么要杀死我呀？”

“谁要杀死你了？我好不容易出来一趟，想找你玩一下。”小青龙做个鬼脸，“你小声点，好不好？别让我爸听见了。”

龙王现在根本无心顾及小青龙，他指着蛇王，说：“好，我今天就让你死个明白。说，你给我吃的黑乎乎的是什么东西？我拉肚子拉得都抽筋了，要不是吃贴岩草，现在还在拉呢！还说是什么特别……”

“什么？你吃了贴岩草？糟糕！”蛇王突然从地上竖起来，一脸惋惜地盯着龙王，还不停地摇头。

龙王简直哭笑不得，指着蛇王的脑袋，说：“怎么，你想拉死我，是不是？”

蛇王连连摇头，说：“哪敢哪敢！我献给你的食品确实就是拉肚子的。你想啊，多少年来，你的体内沉积了多少毒素。要去掉这些毒素，只有拼命地拉，彻底拉干净为止。只有清除了毒素，身体才能真正健康呀！”

“你，你为什么不早说？”龙王有点相信了。

“我早说了，你还会吃吗？”蛇王笑了，是发自内心的，因为他知道自己编的这套胡话已经糊弄住了龙王。

龙王有点下不了台了，一看到身边的小黄龙，就来了灵感，大笑三声，说：“刚才我是和你开玩笑的。我来这里的真正目的，是想让你们知道，我的儿子小黄龙回来了。现在，我把他领过来，正式和大家见个面。”

小黄龙没有说什么，只是转过身，冲蛇王拱了拱手。蛇王感激小黄龙刚才的救命之恩，就冲蛇群喊：“行大礼！”

所有的蛇都齐刷刷地趴下，用脑袋撞地面。小青龙和小蛇正躲在蛇群后面玩拍打的游戏，一下暴露出来，不知发生了什么，呆呆地望着。

龙王恨恨地瞪了小青龙一眼，暗想：这小黄龙要比小青龙强一百倍呀！

龙王不想看到小青龙再丢脸，就恨恨地说：“我们走！”

蛇王爬起来，不解地问：“我们的大礼还没行完呢，不知你们这么急要去哪里？”

龙王摆摆手，说：“不必行大礼了。我们还要去下一家走走嘛。”

蛇王一听，似乎明白了，就笑着说：“哦，一定是去鲨王家吧？”

小青龙一听要到鲨王家，那样就可以见到雪隙了，高兴得跳起来，叫：“好呀好呀！”

龙王正对小青龙来气，就说：“不是，我另有去处。”说完，他看了小黄龙一眼。

小黄龙虽然也很想回去看看雪隙，但他不想和龙王有争议，就说：“一切听从你的。”

龙王本来哪也没想去，被蛇王一挑动，还不能不去一个地方了。他犹豫了一下，对小黄龙说：“我也是为你好呀，一见鲨王，你又会伤心。不如……”

“他怎么会伤心呢？应该高兴才对呀！”小青龙急得叫起来。

龙王狠狠瞪了他一眼，说：“没你说话的份儿！”

小青龙只好垂头站到一边。小蛇偷偷做鬼脸，小青龙想上去揍小蛇，又不敢动。

小黄龙及时上前为小青龙解围，说：“不必考虑我。我刚才说过了，按你的意思办。”

龙王哼了一声，没再说什么，转身就走。小黄龙和小青龙都跟上。蛇王大声喊：“慢走，再来呀！”

龙王觉得这喊声比针扎还难受。他确实生气，明明是来问蛇王的罪，怎么就被蛇王给绕进去了，还得再硬着头皮去串门。好吧，就去串串莫迪的门，总比碰到鲨王要感觉好一些。

龙王直奔莫迪家。莫迪早就听到探报了，说是龙王一路兴师问罪，差点要了蛇王的命。他惊得尾巴乱摆，暗叫：我早就知道龙族倾巢出动，肯定没有好事。看样子，他们是要横扫四海了。我惹不起，还躲不起呀！

于是，他一转身，躲到了屋后的岩石缝里。这里非常隐蔽，离家又不远，还可以看到门前的一些动静。

龙王一到，就直接钻进屋里。他想，既然来了，就进去和莫迪好好聊聊天，也可以增进友谊嘛。小青龙从来没进过莫迪的家，高兴坏了，紧跟着就进去了。

小黄龙却在门外没进去，他不认为自己有必要到处搞见面会。特别是他对莫迪的感觉一直也不好，就像雪隙说的，莫迪表面看起来顺从，其实眼神里有一股杀气。

莫迪躲在岩石后面，看到了这情景，心头一惊：幸亏自己逃得快呀！看看，龙王多狠，自己带着儿子冲进屋子里，还留了小黄龙在外面放哨。真是滴水不漏呀！

龙王进到屋子里，却不见莫迪的影子，四处找着。小青龙也假装跟着找，其实是借机会参观莫迪的房间。哇，里面好多奇怪的石头，红的珊瑚石，白的海礁石，蓝的不知是什么石……反正看得眼花缭乱。小青龙忍不住伸手摸摸这个，又抓抓那个，一脸的馋相。

龙王就讨厌儿子这种没出息的样子，眉头一皱，说："看来不在家，我们就出去等一下吧。"

"啊？哦……"小青龙正抓着一个细长的珊瑚石，根本不想离开，一不小心，手一松，啪嗒，碎了一地。

"看看都是些什么乱七八糟的，都给我扔出去，把屋子搞干净再出来！"龙王相当生气，甩下这句话，就出来了。

小黄龙见龙王一脸怒气，不解地问："谁惹你了？"

"没，没有，里面环境太差，我不适应。"龙王遮掩过去，又连忙找些闲话，和小黄龙聊着，借此套近乎。

莫迪从岩石缝里看得清楚，但听不到谈话，就猜：他们找不到我，肯定又在想什么鬼心思了。

小青龙在屋子里愣了一会儿，嘀咕："凭什么要我打扫房间呀！我是来参观的，不是来当保姆的！"

话虽这么说，他却不敢违抗龙王，一发狠，就把那些奇形怪状的石头都往屋外猛扔。

龙王好不容易和小黄龙聊上了，专心谈话，也没理会身后叮当乱响的是什么。小黄龙看到了花花绿绿的石头飞出来，但他并不知道那是贵重物品，也就不在意。

倒是莫迪惊得差点叫出声来：我的神啦！那些可都是我积攒了多少年的奇珍异宝呀！我可是海里的大收藏家，这每一件物品都价值连城。这下全完了，完了！

莫迪恨呀，他没想到龙王抓不到他，竟然要儿子毁坏他的珍品。他把牙齿咬得咯吱响，暗发毒誓：龙王，我和你不共戴天，不同游海！

龙王似乎感觉到不远处的岩石后面有动静，刚侧头看了看，就见小青龙从屋里出来了。于是，他把视线收了回来，很平静地说："算了，莫迪一定是出远门了。我们先回去吧！"

小青龙一肚子的怨气，也不敢作声，只能跟着龙王打道回府。小黄龙自然没有意见，他早就不想到处乱逛了。

龙王一行搅动浪头，哗啦啦走远了。

莫迪等浪涛平静之后，才敢摸回家，看到门口满地的碎片，欲哭无泪。他狠狠地甩了甩头，知道是该采取行动的时候了，就一转头，直奔鲨王而来。

鲨王回家之后，过了几天平静日子。不过，他觉察到女儿有点不对劲，她表面上好像为爸爸回家感到高兴，其实一点也打不起精神。这逃不过鲨王的眼睛，鲨王当然也清楚她是为什么。可是，他思前想后，小黄龙毕竟是龙族的一员，回去就回去了吧。他最初收养小黄龙，本来是想作为一个有力的砝码，和龙王斗。可现在看来，自己并不是龙王的对手，而且小黄龙也救了自己一回，算是起到砝码的作用了吧。

鲨王认为事情可以就这样过去了，可是，现在是女儿这里过不去了。

莫迪的到来打破了沉闷，他一头闯进来，就大喊："鲨王，不好了，龙王来真格的了！"然后，他把龙王差点掐死蛇王，又怎样来抓他，怎样砸碎他的家，选择性地说了一遍，没有说砸碎的都是珍品。

鲨王一听，大吃一惊，问道："这么说，龙王下一个目标就是我了？"

"这还用说吗？"莫迪早就想好了对策，"我们必须马上招集军队，先下手为强，攻打龙宫。"

鲨王睁大眼睛瞪着莫迪，说："难道你忘了龙王的能耐？你我都不是他的对手呀！"

"这我知道。"莫迪挺了挺胸，显得胸有成竹，"好汉也怕赖皮缠嘛，我们有千军万马，不信就搞不定他龙王！"

鲨王犹豫了一下，还是点了点头。莫迪得到旨意，于是吹出一阵怪响，一眨眼，黑压压的鲨鱼群都向这里聚拢，将鲨王的门口围得水泄不通。

莫迪得意地笑了笑，望着鲨王，说："只要你一声令下，我们就直奔龙宫，杀他个片甲不留！"

"不行，你们这是自取灭亡！"突然，一个声音从屋里传出来。莫迪的笑僵在脸上。

31 鲨族联合蛇族

鲨王回头看，见雪隙冲了出来。她一脸怒气，因为着急，眼里还含着泪水。

鲨王愣了一下，故意笑着说："女孩子家，这里没你的事，进屋待着去！"

"谁说没我的事？亲亲还在龙宫，他是为了救你才进的龙宫，你现在却要去把他一起杀掉，你，你……"雪隙浑身乱抖，说不出话来。

鲨王明白了，说："哦，这个好办，我下一道命令，放过亲亲就是了。这个你放心，你不说，我也会这样做的。"

雪隙并不放心，爸爸刚从龙宫放回来，她不想爸爸又冲到风口浪尖上。于是，她努力控制一下自己的情绪，望着莫迪，说："你就这么有把握能打过龙王吗？你别忘了龙王是雷电在无数次闪烁之后，集上天精华，历练而成。也就是说，他并不是普通的血肉之躯。你有再多的鲨鱼，又能怎么样呢？不过是去白白送死。你去可以，别来叫我爸爸！"

莫迪也愣住了，因为雪隙说的这些，他都清楚。不过，箭在弦上，不得不发，况且他也决心要出一口恶气，就算鱼死网破，也在所不惜！

想到这里，莫迪笑了一下，说：“你说的我都考虑到了。我当然不会这么傻去送死，我会团结更多的力量。蛇王手下还有百万兵，他如果来出手相助，就可万无一失了。”

鲨王一听，也来了劲头，说：“那就快去联络蛇王，你不是说他也差点被龙王掐死吗？这样，我们就是同一阵线嘛，他肯定会答应出兵的。”

莫迪一听，就点头称是，让周围的鲨鱼先散去，随时听令。他先去蛇王家走一遭。

蛇王正领着儿子在家旁边练摇摆扭腰功，这可是蛇王的独门绝技，从头开始摇晃，身子就波浪似的往下传递，一直到尾巴尖。反复练习的时候，小蛇就会暗笑，觉得像吃了冷子打摆子。

蛇王看出儿子并不把这种功夫当回事，只是表面应付一下，就非常恼火。他咬着牙冲小蛇喊：“身子竖起来，要直！脑袋摇起来，要快！腰部扭起来，要猛……”

小蛇只听到爸爸的牙齿咯吱响，吓得脑袋乱晃，身子乱摇，但一点也不符合标准。蛇王猛地一尾巴扫过来，正打在小蛇脑袋瓜子上。小蛇晕头转向，摇晃两下，倒在地上不动了。

蛇王并不放过小蛇，冲到他面前，厉声喊：“你少跟我装衰偷懒！起来，接着练！你不练好功夫，将来怎么在海里混呀？我能管你一时，还能管你一世吗？你看看龙王，武艺多么精湛，你爹这么好的武功，都被他捏在手里。你再不练好功夫，小龙也会把你捏在手里……”

“呵呵，你就是再怎么练，也不可能把龙捏在手里吧？”一阵笑声，莫迪从岩石后面钻了出来。

蛇王愣了一会儿，也跟着笑了两声，说：“那倒是，谁敢想着捏龙王呢？我们练功，起码逃跑也快一点吧！呵呵！”

“你就甘心这么一直逃吗？”莫迪突然追问。

蛇王又愣住了，问：“你，什么意思？”

“我是说，给你一个机会，去捏龙王的脖子，你敢吗？”

蛇王连忙瞧了瞧四周，又看一眼躺在地上不肯起来的儿子，小声对莫迪说：“可不能随便开玩笑，传到龙王耳朵里，就是谋反之罪呀！”

“对，就是谋反！”莫迪很坚定地甩出一句话，往蛇王面前凑了凑，“我跟鲨王已经商量好了，集合所有的鲨族，再联合所有的蛇族，拼死一搏，鹿死谁手，还未可知呢？”

“鹿？是什么东西？”蛇王身子不由得抖动起来，想把话引开。

“我也没见过，管他是个什么东西，我们要做的就是一个字——拼了！”莫迪猛地晃动两下尾巴，搅起一阵浪，“与其一直这样屈居龙王之下，不如来个痛快的。事成之后，鲨族和蛇族共分天下，怎么样？”

小蛇躺在地上，都听到了，嘀咕着：“‘拼了’明明是两个字，怎么说是一个字呢？”

莫迪看了小蛇一眼，心里烦躁，又不便计较，就两眼直直地盯着蛇王，眼神是火辣辣的。

蛇王脑袋里一团乱麻，就冲儿子发火，问：“你说什么呢？你听到了什么？”

小蛇吓得从地上弹起来，退到安全地带，连连摇头，说：“我，我什么也没听见。”

“你是聋子吗?”蛇王不放过。

“我，我听见了……”

蛇王忽地逼到小蛇面前，火气不减：“你个小孩子，能听懂什么?”

“我不知道我听见没有，你到底是想让我说听见了还是没听见，呜——”小蛇吓坏了，大哭起来。

莫迪连忙劝解，上前挡住蛇王，说：“跟孩子发这么大的火，何必呢?冷静一下，考虑我们的正事。”

蛇王显然还是拿不定主意。他虽然一直不满龙王掌管大海，暗地里给龙王使绊子是有的，可是，他也从来没敢想过和龙王真刀真枪对着干。

莫迪见蛇王犹豫不决，就嘿嘿笑了两声，说：“其实，我来找你之前，鲨族都已经准备好了，不会有任何改变。你去与不去，我们都会出击。以我们的力量，和龙族可能打个平手，胜负难测。如果我们成功了，没你的事，你接着做海里的二等公民。如果我们失败了，你认为龙王会认为你是清白的吗?到那时，恐怕你连二等公民也做不成了。想想吧!”

经这么一说，蛇王后脑勺都发冷，知道自己没有退路了，就咬牙问：“那，你说，什么时候行动?”

嘿嘿，莫迪满意地点了点头，说：“别急，要干大事，必须有周密的策划。你先把你的部队调集起来，等我的号令。我们静观一下龙宫，要趁他们完全没有防备的时候，突然袭击。”

蛇王点头称是。他内心虽然害怕，但不得不佩服莫迪的计谋，不禁暗想：像莫迪这种天生心狠手辣之徒，不可得罪，只能当作朋友。

再说龙宫，对这一切还一无所知。龙王的心思一直放在小黄龙身上，他见小黄龙一直闷闷不乐，就不再整天把他关在宫里，而是让小青龙陪着小黄龙出去玩。

小青龙一直不太喜欢小黄龙，首先是小黄龙和雪隙这么亲密，这让小青龙很不舒服。然后，龙王又这么喜欢小黄龙，处处让小青龙做陪衬，这让小青龙心里怄火。

一出龙宫，小青龙就开始转动眼珠子，想着怎么整一下小黄龙。想来想去，他认为魔鬼洞最合适。那是他和小蛇一起玩的时候，发现的一个秘密洞穴，里面很深很黑，奇怪的是洞口有一块石板，可以顺着滑槽拉动，盖住洞口，从里面是无法打开的。嘿嘿！

小黄龙见小青龙一直冷冷的脸上突然泛起笑，就好奇地问："有什么喜事吗？"

"喜事谈不上，我倒是可以带你到一个很刺激的地方去玩，不知你敢不敢哟！"小青龙说完，故意摇着头，好像已经失望了。

小黄龙笑了，说："玩嘛，有什么不敢的？你前面带路！"

小青龙一下来了精神，说："好，跟着我，包你今天玩得终生难忘！"

一眨眼，他们就来到了一个怪石嶙峋的峡谷中。这里陡然冷了许多，光线也暗了。小黄龙警觉起来，四周张望，一个个怪石就像怪兽。

小青龙见小黄龙紧张了，就笑着说："刺激吧？这才开始呢，往里走，有更刺激的！"然后，一甩尾巴，穿过怪石，向峡谷深处游去。

小黄龙犹豫了一下，还是跟了上去。不一会儿，他们就来到一个陡峭的岩壁前面，岩壁三面高耸，好像挡住了所有的去路。

小青龙得意地回过头来，说："现在看我给你变魔术，你把眼睛闭上。"

小黄龙看了看四周，阴森森的，但还是勉强闭上了眼睛。

小青龙腾空而起，飞到高高的岩壁上，用力将一块突出的石头往旁边拉。渐渐地，石头拉动了，露出一个洞口。小青龙攀在洞口，回头喊："上来吧，现在就是见证奇迹的时刻!"

小黄龙睁大眼睛，惊得眼珠突出。他没想到这里竟然还有一个洞，洞口的石头也很奇怪，正好插在滑道里。那应该不是天然形成的吧！他见小青龙在不停招手，就眨了两下眼睛，让神回来，然后一纵身飞了上去，稳稳地抓住洞口。

他向洞里望了望，哇，黑呀，什么也看不见。他能感觉到里面冰冷刺骨，鼻尖好像触到冰块一样。他侧头望着小青龙，问："这是什么地方?"

"魔鬼洞。恐怖吧?"小青龙故作轻松地笑了笑，"以前我经常进去，可刺激了。我想让你也体验一下刺激，不知你敢不敢哦!"

小黄龙并不知道小青龙在说谎，小青龙其实从来没有进去过。小黄龙只是想，如果小青龙经常进去，那么再刺激也不可怕呀！进去体验一下也挺好。

于是，他点了点头，说："玩嘛，有什么不敢的?"然后，就一头钻了进去。

小青龙没等小黄龙回过味来，就用力将石头推过来，死死地封住了洞口。任小黄龙在里面怎么折腾，也休想出来。

小青龙拍了两下手上的泥沙，冷笑两声："嘿嘿，你就在里面玩吧，等你玩够了，我再来叫你回家。"

然后，他就一边哼着"爽啊爽啊，今天那个爽，爽得脑袋直晃荡"，一边摇头晃脑地游出峡谷。他刚出峡谷，就听见一个声音从岩石背后传来："爽什么呢？"

难道真的有魔鬼吗？他心里一紧，浑身僵硬，想逃，却根本迈不动步子。

32 黑洞里的白骨

更大的笑声传过来，就像魔鬼施了法术，铺天盖地，将小青龙层层罩住。小青龙趴在地上，双手抱着脑袋，浑身发抖。

好一会儿，并没有传说中的魔鬼来掏心掏肝的，只是有个黑影来到面前。小青龙鼓足勇气抬头一看，我的神，这不是雪隙吗？

他心里一松，身子也能动了，站起来又气又喜，问："你，怎么在这里？"

"你怎么回事？抖个不停。"雪隙没有回答，而是好奇地问。

"我，我，我身上有泥沙，想抖掉嘛！"小青龙眼珠一转，想了个好台阶。

雪隙浅笑了一下，说："那你接着抖你的泥沙吧！"然后，就往峡谷里面游。

"喂，你想干什么？"小青龙大声喊，"那里面很可怕的，你进去会有危险。"

"你不是刚从里面出来吗？有什么可怕的？"雪隙停住了，回过头望着小青龙，"我要进去找亲亲。刚才我去了你家，龙王说你们俩一起出来玩了……"

小青龙吃了一惊，连忙冲过去拉住雪隙，说："亲亲，他已经不在里面了。我们俩捉迷藏，我找了他半天，他早就已经离开这里了。告诉你吧，里面阴森森的，就像个魔鬼聚集地。"说着，他还故意张嘴露牙，显出一副恐怖相。

雪隙真的吓着了，向里面张望了一下，确实阴森森的。她甩开小青龙的手，游出峡谷，说："他在哪里呢？我有要紧的话对他说。"

"要紧的话？先告诉我，行不行呀？"小青龙想套近乎，抻长脖子问。

雪隙坚决摇摇头，说："这是我跟他的悄悄话，我必须当面告诉他。"

小青龙碰了一鼻子泥灰，心里冷笑：哼，当面？那还得看我乐不乐意！嘴里却说："哦，那好，我们就一起去找他吧。"

雪隙没有更好的办法，只好和小青龙一起游走。小青龙暗喜，不管怎么说，可以和雪隙在一起，他就高兴。

再说小黄龙，被轰隆关在洞里，眼前一片漆黑。他大喊了一阵，没有回音，又用力撞了一阵石门，没有动静。于是，他只好安静下来，想着往里面走走，看有没有出口。

小黄龙往前摸索了一段，眼睛渐渐适应了光线，隐约可以看见四壁都是坚硬的岩石，没有一点破绽。走着走着，脚下有个更黑的洞口，不管怎么眯缝眼睛，都看不到一点亮光。他犹豫了，不知该不该往里走。

他把头往前抻了抻，想尽量探索一下洞口，却只感到一股更冷的浪扑面而来。他浑身抖了一下，后退两步。不过，他并没有退缩，而是进去。因为这种怪异的冷吸引着他，他想搞个明白。

他小心翼翼地向前探出身子，没想到是个垂直向下的洞，扑通一下掉了下去，落了很长时间，才咚地着地。摔得并不算疼，可是，四周海水冰冷，像有无数尖针扎着身子。

小黄龙摸索着站起来，刚往前迈步，哐的一下，又被硬物绊倒了。他伸手一摸，到处都是枝干一样的硬东西。他抓起一根送到眼前，看了半天，突然倒吸一口冷水。因为那是死者的白骨。

不过，他很快就镇定下来，将白骨在岩壁上敲了敲，再拿到鼻子前闻了闻，判断出应该是鲨鱼的骨头。他又伸手细细摸索身边的骨架，嘀咕：怎么会有这么多死鲨鱼在这里呢？

他能感觉到自己就在一个鲨鱼骨头堆里，尽管温度很低，仍有一股股恶臭扑鼻。这种气味让他感到一阵阵头晕，他想尽快离开，连忙向前走，一脚踩在骨架上。突然，他好像是绊动了一根主要的骨架，咯吱咯吱一阵乱响，四周的骨架都倒塌下来，压到他身上。

更浓烈的恶臭翻涌上来，他想推开身上的骨架，却觉得浑身无力，挣扎了一阵，昏沉沉地睡了过去。

小黄龙的眼前仿佛有了亮光，身体仿佛也轻飘起来。他向着亮光游去，海水由黑变成了蓝，由蓝变成了白，感觉越来越冷。不知游了多久，远远地，他看到了一座座高耸的冰山，冰山下面压着一条青色的龙。他从来没见过那条龙，但他还是感觉到了青龙眼中的慈爱。他在心里默念着：妈妈，是你吗？就不由自主地游了过去。

青龙突然对他大声喊：“别靠近，冰山快倒了！”

他这里已经离青龙很近了，但他没有马上撤，只是停住了脚步，问："你是谁？为什么会这样？"因为他已经看清楚，事实上是青龙支撑着快要倾倒的冰山。

"快，离，开！"青龙的每一个字都是从牙齿缝里挤出来的，她所有的力气都用在了冰山上。

冰山还是撑不住了，先是一些冰碴掉落下来，紧接着是大块大块的冰坨滚下来，突然一声巨响，冰山断裂了，铺天盖地直压过来。眨眼之间，小黄龙就看见青龙被埋在了冰山之下，逃是来不及了，他紧紧地闭上眼睛，等待着冰山把自己也一起埋葬。

好半天，冰山没有压到头顶，倒是有了更怪异的响声——咯吱哐啷！

他猛地睁开眼睛，看见向上的洞口透进一点微光，有一些东西正在从上面掉落下来，发出猛烈的碰撞声。

小黄龙感觉恢复了一点体力，把自己从骨头架子下面抽出来，小心翼翼地注视着上面。

这时，一个尖尖的声音从上面传下来："咱们就配干这种下等活儿，成天帮着扔骨头架子！"

一个粗粗的嗓音说："小心点，要让莫迪听到这话，你就会变成骨头架子被扔下去了，呵呵！"

"他怎么会听到呢？除非你告密！"尖嗓子说。

"我才不会告密呢，是你自己常常说走嘴。"粗嗓子反驳。

声音越来越远，渐渐向洞外去了。小黄龙知道这是出洞的最好时机，绝不能放过。于是，他猛地摇动身子，顺着洞腾空而起。等爬上来，他才看到前面是两条鲨鱼，就悄无声息地跟在后面，向外面的洞口游去。

已经看到洞口的光亮了，小黄龙猛地向前一冲，超过两条鲨鱼，堵住洞口。两条鲨鱼吓得魂不附体，一起瘫倒在地。尖嗓子在不停地喊：“鬼，鬼呀！”

由于小黄龙背对着洞口，身体又被挤压成一团，看起来完全是一片黑影，说是鬼，谁都信。小黄龙干脆就装一回鬼，变着嗓音，用很怪的腔调说：“这是我家，你们闯进来干什么？”

“这这这，那那那……”尖嗓子说不出完整的话了。

粗嗓子还没掉魂，一边磕头一边说：“不是我们要来的，是莫迪让我们来的。”

“莫迪？他让你们来干什么？”小黄龙忍住笑，故作严肃地追问。

“他，他，他让我们来，把这些骨头架子扔到洞，洞，洞里面。”粗嗓子磕着头，也有点语气不顺了。

“这些都是鲨鱼的骨架嘛，明明可以在外面找个地方掩埋，为什么要扔到我家里来呀？”小黄龙装出很生气的语调。

“这，这可不是一般的鲨鱼呀……”

“怎么，他们都是鲨鱼王吗？”小黄龙挤出不满的声音。

“不，不，不是，他们都是鲨王古迪的亲信。可是，古迪现在有点糊涂了，根本不知道莫迪在背后搞他的鬼。莫迪暗地里已经控制了鲨鱼王国的一切，正在把古迪的亲信一个个铲除……”

“铲除？怎么铲除？”

“手段非常残酷呀。他先假装召开会议，故意抛出一些关于古迪的话题，听大家议论。这样，他很容易就找出了古迪的亲信。然后，他再分期分批地召见这些亲信，每次三到五条不等。来者都被事先埋伏的武士擒杀，我们将他们的肉分吃一空，再把骨头架子扔到这里来。一切都是秘密进行的……”

小黄龙越听越觉得后背发冷。他没想到事态会这么严重，一定要尽快出去送信。于是，他大喝一声：“你们都往里面去，来了，就多住几天！”然后，他抽身出了洞口，将岩石推过来，封住洞口。

里面传来咚咚的敲击声，但根本无法打开石门。

小黄龙没有回龙宫，冲出峡谷，直接找鲨王去了。

再说雪隙跟着小青龙转悠了一整天，累得尾巴都摇不动了。她只好找块石板先休息一会儿。

小青龙有的是劲，左边游出去看看，右边游出去看看，四周一片死寂。他就暗笑了一声，来到石板边，挨着雪隙坐下。

雪隙厌恶地瞪了他一眼，说：“一边去呀！”

“你对小黄龙那么好，为什么就不能对我也一样呢？”小青龙很怄火，跳了起来，一脸凶相。

雪隙不吃他这一套，说：“你凭什么要我对你好呀？”

小青龙一时哑火，支吾半天，说：“因为，因为，我才是未来的龙王！”

“那我先恭喜你呀！”雪隙冷眼盯着小青龙，“不过，没有谁规定我一定要对龙王好哟！”

小青龙彻底爆发了，一把抓住雪隙，将她死死地按在石板上，说：“我到底哪里不如小黄龙？说，说呀！”

雪隙虽然很疼，但一点也不畏惧，冷冷地说：“从人品到能力，你哪里比得上小黄龙？”

“你鲨鱼嘴里吐不出好泡！告诉你，我在这里撕碎一条小鲨鱼，没有谁知道！”小青龙的嘴离雪隙的脸很近，散发出阵阵口臭。

“亲亲，救我呀！”雪隙简直无法再忍受这种顶级的口臭，大叫起来，拼命挣扎。

小青龙恼羞成怒，一手捂住她的嘴巴，一手死死地掐住她的脖子。

雪隙的喊声马上被堵住了，挣扎也越来越弱，不一会儿，就没有了动静。

33 龙王问罪

突然，哗啦啦一阵水响。小青龙慌忙回头望，来者正是小黄龙。

小黄龙说时迟那时快，眨眼间就冲到小青龙面前，一伸手就死死捏住了小青龙的脖子。小青龙连忙松开雪隙，两眼发直，脸色发白，身子乱扭。

小黄龙并没有想掐死他，一甩手，小青龙就重重地摔倒在岩石下面。

小青龙一手摸着自己的脖子，一手指着小黄龙，恨恨地说："我是你哥，为了一条鲨鱼，你就这样对待我？"

"她是我姐。我答应过她，不让她受到任何伤害！"小黄龙直直地盯着小青龙。

小青龙有点心虚，害怕小黄龙追问封住洞口的事，就猛地甩了甩手，虚张声势，大喊："我早就看出来了，你没法真正回到龙族。你就和鲨鱼鬼混一辈子吧！"然后，一扭身子，匆匆忙忙游走了。

小黄龙望着小青龙远去的背影发呆：小青龙说得没错，这正是小黄龙的心病。有时候，小黄龙很想回到龙族，做一个真正的龙子。可是，只要想到雪隙，他就做不到。他从出生就和雪隙联系在一起，他的根在鲨鱼家族。要想连根拔起，多难呀！

一阵轻微的咳嗽惊动了他，他低头一看，雪隙醒过来了，正一动不动地看着他。

他俯下身子，故作轻松地拍了拍她的脑袋，挤出一副调皮相，说："游戏玩过头了吧？以后要注意……"

雪隙一点也轻松不起来，没等亲亲把话说完，就一头扎进他怀里，大哭起来，边哭边说："你不在身边，谁都可以欺负我。你快回来吧！"

亲亲抱着她，轻轻地拍着哄着，说："我也想回来呀，可是，男子汉不能言而无信。我先在龙宫住一段时间，等龙王心情好转的时候，我再提要回家的事，你说好不好？"

"不行，根本就没有时间等了！"雪隙说得很急，很坚决。

亲亲奇怪地望着她，问："你的话是什么意思？我听不懂。"

雪隙停止哭泣，把鲨鱼族要联合蛇族，一起进攻龙宫的事说了一遍。最后，她说："你必须现在就跟我回家，答应我。"

亲亲没有想到还有这么严重的事，无论如何，他也不能眼睁睁看着龙王遭遇不测。尽管他一直不能接受龙王是父亲，但他们毕竟血脉相通，而且龙王并不坏。所以，他必须救龙王……

"我不会有事的。"亲亲笑了一下，"我倒是有重要的事要告诉你呢。"

于是，他把在洞里知道的事说给雪隙听。雪隙听完，恨恨地咬了咬牙，说："我早就知道莫迪不是个东西，没想到他这么不是东西！走，快回家告诉爸爸。"

他们匆匆忙忙赶回家，一进门，雪隙就大喊：“爸爸，爸爸，我有重要的事要告诉你……”一下却愣住了，因为莫迪也在里面，正和爸爸商量着什么。

爸爸抬头望了望女儿，说：“等会儿，我谈完正事再说。”然后又和莫迪嘀咕。

雪隙眼珠转了一下，就故作轻松地喊：“亲亲回来了，就在门外。”

“知道了，我一会儿就来。”爸爸抽空说了一句，又和莫迪扎到一起。

雪隙出来，冲亲亲使个眼色，小声说：“莫迪在里面。”亲亲就明白了，装着没事，慢慢地在外面游逛，也不进屋。

过了一会儿，莫迪从屋里出来，看见亲亲，故作惊讶地喊：“哇，公子回来了！你不是在龙王家住吗？他怎么肯放你回来？”

“哦，我想回家看看。”亲亲平静地说。

“专程？”莫迪追问。

雪隙接话，说：“不是，他在外面游玩，正好碰到我了，我就带他回来看一下。”

莫迪似乎很满意这种说法，笑了一下，说：“那就好好看吧！”然后，一甩尾巴，哗啦啦游走了。

雪隙和亲亲互相挤了挤眼睛，刚想进屋，就见古迪伸出脑袋往外钻。雪隙连忙将他顶回去，说：“爸爸，我有重要的事告诉你！”

古迪回到客厅，见雪隙很神秘地把门关死，就说：“我知道，亲亲回来了，我们弄好吃的欢迎他，不用关门吧？”

“不对，你的命都快玩丢了，还稀里糊涂的！”雪隙一脸严肃。

古迪有点奇怪了，看看女儿，看看亲亲。亲亲向前靠近了一些，想了想，说：“这件事情我也是刚知道的，莫迪，他其实已经把你架空了……”

“小孩子家，乱说什么？”古迪摆摆手，一点都不信，“莫迪刚才还在这里向我表达忠心，说要帮我平定大海，愿冲锋陷阵……”

“这种哄小孩子的话，你也相信呀？”雪隙非常激动，一嘴泡泡喷到爸爸脸上。

亲亲连忙推开雪隙，把刚才在峡谷黑洞里的事讲了一遍。古迪听完，默不作声。

“你说话呀！”雪隙冲爸爸喊，“你再不想办法，就来不及了！”

“这——”古迪犹豫着，“你想让我怎么办？现在去杀掉他吗？”

“杀，不是唯一的办法。”亲亲很冷静地摇了两下尾巴，“我们从头到尾想一想，就清楚了，他不过是想利用你，消耗你，让你和龙王拼个你死我活，最后得利的必然是他。所以，问题就简单了，你只要不上他的当，就行了。”

古迪也有些清醒了，不过还有些为难，支吾着：“可是，我已经答应他了，要对龙王发起总攻，而且已经联络好了蛇族。这个时候再怎么说，也不好收回呀……”

“面子，你总是这么讲面子。到底是面子重要，还是命重要？”雪隙很不客气地喷了爸爸一脸。

古迪并没有生气，只是把脸侧向一边，避开女儿。因为他知道女儿说得没错。

亲亲看出了古迪的尴尬，连忙推开雪隙，凑近古迪，说：“没关系的，不用去跟他们说什么，只要拖延就行了，没有你的命令，他们也不敢轻举妄动呀！”

古迪愣愣地望着亲亲，他没想到这孩子竟有如此多的智慧，难道龙族天生都是这么优秀吗？

“我说错了什么吗？”亲亲见古迪发呆，就追问。

古迪惊醒过来，笑着说：“没有，你说得没错，我想，就按你说的办……”

话没说完，就听外面哗啦啦一阵浪，非常异常。紧接着，就是咚咚的敲门声。

古迪一下慌了，说：“不好，一定是莫迪听到了风声，提前下手了。”

“那可怎么办？他一定带了很多武士！”雪隙担心地望着亲亲。

亲亲望着被敲得咚咚直响的门，伸了两下胳膊，作出一副准备战斗的架势，说：“别怕！”

古迪连忙摇头，说：“不能来硬的，你们俩快躲起来，我来对付他们。”

“躲？往哪里躲？”雪隙又急又气。

古迪没有再说什么，来到自己的床边，推开石板，下面竟然是一个洞穴。他看了看女儿，说：“这里谁也不知道，你们快进去！”

亲亲说：“可是，你呢？”

“我没事，量他莫迪也不敢把我怎么样！”古迪尽量保持镇定，示意他们快进洞。

亲亲知道再推脱下去，事情会更糟糕，就抓着雪隙用力一推，一起钻进洞里。

古迪盖好石板，仔细打量一下，没有破绽，才不慌不忙地过去开门。等门一开，他却吃了一惊。因为站在门口的不是莫迪，是龙王。

龙王一脸怒气，指着古迪说：“你看看你，你，你把小黄龙教成什么样子了？”

古迪一头雾水，一脸无辜地望着龙王，说：“小黄龙，他，做什么了？”

“他，当面一套，背后一套，两面三刀，言而无信……”龙王出语铿锵，像在熟背课文。

古迪连连摇头，说：“慢慢，这些怎么和他搭得上边呢？说他两面三刀，你不说出个具体事情来，我的后脑勺都不信。”

古迪以为龙王要讲些事情，谁知他一转身，一把将身后的小青龙抓过来，推到门口。小青龙吓得直往后躲，可是，龙王不放，用力抵着。

古迪想为可怜的小青龙解围，就对龙王说：“你这是干什么？”

龙王不睬，狠狠拍了一下小青龙的屁股，说：“有我在这里，你怕什么？把你对我说的话，再说一遍！”

古迪奇怪地盯着小青龙，小青龙不敢抬头，眼睛看着地面，支吾着说：“我，我和小黄龙……”

啪的一下，龙王拍了小青龙的屁股，说：“小弟。”

“哦，小弟，我们一起出来玩。说好了，玩一会儿就回家的，可是，后来碰到了雪隙，小弟就不肯回家了。我劝他，他不听，还打了我。然后，他就和雪隙一起跑了……”

哗啦啦一下子，龙王用力地把小青龙拉到身后，瞪着古迪，说：“这就是你教出来的孩子，活活地毁了我们龙族呀！快说，他现在在哪儿？我必须带他走！”

“这个，我，没见到呀！”古迪犹豫着，暗想：绝不能说藏在洞里，否则，有口难辩。

龙王看出了眉目，一把推开古迪，钻进屋里，说：“他们既然回来了，一定藏起来了。进去找找！”他冲小青龙挥了一下手。

小青龙很乐意，答应一声，一头就钻进了后院。

龙王就站在门口，盯着古迪。古迪不敢看龙王的脸，也不敢看床边，只能看着龙王的脚尖。

龙王却没心情看脚尖，扫视着屋子，突然，床边冒出了泡泡。他皱了一下眉头，就直接来到床边，伸手去推石板。

古迪望着龙王，浑身的血都凝固了，傻傻地呆在那里。

34 囚禁小黄龙

龙王的手刚一碰到石板床，石板竟自己挪动了。一点一点，最后露出一个大洞，小黄龙从里面钻了出来。

龙王吃了一惊，后退几步，盯着洞口。紧接着，雪隙也从里面钻了出来。

小黄龙上前一步，冲龙王一拱手，说："息怒，请听我解释……"

这时，小青龙从后院冲了过来，大叫："解释什么？做贼心虚，你们俩竟然藏在一个洞里，还有什么可说的！"他把"一个"说得很重。

雪隙非常生气，也不客气地冲小青龙喊："你真是个混蛋！你刚才说的话我们都听到了。对你这种家伙，我们当然没什么解释的，你最好现在就滚出去！"

小青龙一脸委屈，望着龙王，说："你看，她就是这种样子……"

"你先出去！"龙王瞪了小青龙一眼，等他出去，才对雪隙说，"你舍不得小黄龙，我理解。但是我们有言在先，所以，他现在必须跟我回去！"

雪隙的火气直往脑门上冲，刚想开口，小黄龙连忙伸手将她拦到身后，对龙王说："事情不是这样的……"

"好了，一切等回去再说。你现在唯一要做的就是跟我走！"龙王显然对小黄龙有一肚子气，堵在嗓子眼。他说完，转身哗啦啦先出去了。

小黄龙愣了一下，还是决定跟着龙王走。雪隙却冲过去拦住他，说："别去，会有危险的。"

小黄龙回头看了一眼古迪。古迪张着嘴，完全失语。小黄龙轻轻拨开雪隙，说："记住，莫迪那边的事，你一定要小心！"

雪隙知道挡不住，只能眼泪汪汪地望着，说："你要小心呀！"

小黄龙没有回头，跟着龙王走了。一阵浪冲进来，古迪才猛然醒来。他抬头看女儿，女儿正眼巴巴地望着他，好像他有办法解决这一切。可是，他的内心从来没有感到这样虚弱，整个世界好像都乱了，千头万绪，而他一根也抓不住。

他只能无力地垂下头，自我安慰，嘀咕着："他不会有事的，不会。"

古迪显然不是巫师，他的话难以应验。

龙王一回宫，二话不说，直接把小黄龙带到龙宫最深处的一个洞穴。小黄龙知道那其实就是牢房，他犹豫了一下，望着龙王。龙王把头侧向一边。小黄龙只好走了进去。

龙王一伸手，将栅栏门拉下来，关死，说："龙族是有规矩的，你必须接受惩罚，面壁一年。"

小黄龙隔着栅栏，说："龙族的规矩就是不问青红皂白吗？你为什么不听我解释？"

“因为你的行为已经让我失望了。”

“我不是想为自己辩解，我只是想告诉你，你现在的处境有多么危险！”

“那就更不用了，我知道自己每天都生活在危险之中。你还是先想想你自己吧，静下来，前后左右都想好，然后把你的决定告诉我。”龙王说完，转身离开了。

从那天起，龙王就不来见小黄龙了，他是真的生气了。每天是小青龙送来食物，小青龙隔着栅栏，总是表现出同情的样子，说：“你看你是何苦呢？就不知道老实点，别惹父王生气？”

小黄龙根本不想理会，这类话听多了，知道小青龙并没有丝毫同情心，只不过是在冷嘲热讽。有一天，他终于忍不住了，问：“你这样做，到底是为了什么？”

“为了什么？当然是为了我自己呀！”小青龙回头望了望，没有父王的身影，就大着胆子说，“我才是龙族的正宗血脉，你是谁？到今天我都怀疑你是不是父王亲生的。可是，父王却老糊涂了，竟然把你拉进龙宫，还要把你推上王位。我又不是白痴，怎么会让你……”

“住嘴！”小黄龙用力一抓栅栏，怒视着小青龙，“真是可笑！你如果担心的是你的王位，我可以告诉你，请你放一百二十个心，我对王位毫无兴趣，我甚至都不想来王宫。你如果不是瞎子，应该看得很明白。”

小青龙被小黄龙的气势吓了一跳，退了两步，上下打量着小黄龙，突然笑了起来：“哈哈！这话听起来像真的，我就信你一次。不过，还有一件事，你让我很不爽。”他停下来，望着小黄龙。

小黄龙不想理会，转身往里靠了靠。

小青龙上前一步，抓住栅栏，说："我是说真的，这件事你要答应我了，我保证让父王放你出去。"

小黄龙还是没作声，只是转头望着他。

小青龙吞了吞口水，好像鼓足了勇气才说："从今往后，你要对雪隙疏远一点，让她跟我走近一点……"

哧——小黄龙突然喷了一口泡泡，说："这话不应该是未来的龙王说的吧？"

"你别跟我绕圈子！"小青龙脸有点挂不住了，火气直往上冲，"你既然知道我是未来的王，就应该知道，海里的一切都是属于我的。你不过是在听我的使唤，帮我跑跑腿。"

"对不起，这件事我可不想帮你跑腿，我宁愿一直坐在这里。"小黄龙不冷不热，把脸转向一边。

"好，你等着，有你好受的。"小青龙狠狠地拍了一下栅栏，转身离去了。

后来，他果然想出办法来治小黄龙。每次送食物的时候，他就在食物中掺进沙子。小黄龙本来就没有食欲，渐渐地，他看也不看送来的食物，开始绝食了。

隔着栅栏，小黄龙觉得自己的神经已经渐渐麻木了，好像对一切都很迟钝了，不过，唯独对雪隙的思念在一天天加深。他常常坐在洞里发呆，回忆以前快乐的日子。一次次的回忆就像是美味的食物，支撑着他。

而实际上，他已经一天天瘦下去，连站起来的劲都快没了。他每次回忆完美好的过去，都会有一声叹息：唉，为什么那么多欲望？为什么那么多争斗？为什么海洋之大容不下我过平静的日子？

这些日子，雪隙也处在半绝食状态。亲亲被带走之后，她就一直提不起精神，每天也不想出门。

古迪看着女儿一天天消瘦，心像刀子割。可是，无论他怎么劝，女儿就是不吃。

更烦心的是，莫迪也是三天两头往这里跑，催促古迪，说蛇族都已经准备好了，鲨族更是整装待发，龙宫处在无防备状态，只等鲨王一声令下，鲨蛇联军杀向龙宫，一举灭掉龙族。

每次，古迪总是找出种种理由，说时机还不成熟，再等一等。他这样做并不是因为听了小黄龙临别时的话，而是为女儿担心——小黄龙现在就在龙宫，大军杀过去，谁能保证小黄龙不挺身对抗？那么，结果就是必须连小黄龙一起杀掉。小黄龙一死，女儿还能活吗？

左思右想，古迪终于想出一个安慰女儿的办法。他决定去打探小黄龙的消息，前提条件是，女儿必须按时吃东西。

雪隙当然高兴，打起精神吃东西。

古迪就主动去找莫迪。莫迪还以为要发起总攻了，高兴出迎，一听说是打听消息，马上就掉了半截精神。

古迪看出莫迪急于实施阴谋，恨不得一口把他咬成两段，吞了两次口水，才压住火气，说："我必须搞清楚小黄龙的情况，才能进行下一步。"

莫迪摇着尾巴想了一下，说："这种事我们去都不合适，我去找蛇王，让他去一趟。"

"你找谁我不管，我只要听到确切的消息。"古迪不想多待，转身离开了。他怕再多待一会儿，会情不自禁地想杀掉莫迪。

莫迪来找蛇王，蛇王连连摆手，说："这事不好办呀，龙宫的门密不透水，龙王又不让进，谁能探听里面的消息？"

莫迪有点左右为难了。蛇王笑了，说："你不必事事都听古迪的，有些事，可以敷衍就敷衍嘛！难道你还真想对他忠心耿耿吗？"

"忠心？哼，我倒是想把他的心掏出来看看！"莫迪冷笑两声。

"要掏谁的心呀？"突然，一个声音从门外传来，吓得莫迪浑身一颤。

蛇王连忙冲到门口，甩了一尾巴，说："让你到外面玩，谁要你这么早就回家的？"

哗啦一下，小蛇舒拉塔钻了进来，毫不在意地望着蛇王，说："外面不好玩，一个伴都没有。我想去探龙宫的消息，那样多刺激呀！"

"胡说八道！"蛇王又是一尾巴甩来，正打在小蛇头上。小蛇疼得直叫，躲到莫迪身后。

蛇王尾巴又要甩过来，莫迪轻轻嗯了一声，尾巴就停止在半空。蛇王赔笑说："这孩子管教不严，让你受惊了！"

"我觉得他挺好呀！"莫迪冲蛇王摇了摇头，又转过身来对小蛇说，"刚才我们的谈话你都听见了吧？很好，探听消息的事就交给你了。"

蛇王连忙阻止，说："这怎么行呢？他探得清楚个鬼哟！"

"哈——我就等消息了！"莫迪不理蛇王的话，边笑边出去了。

蛇王气得浑身发抖，一伸尾巴缠住了小蛇的七寸，咬牙切齿地说："叫你逞能！叫你多事！叫你偷听……"

他越说缠得越紧。小蛇脸色大变，身体乱抽，眼看就要断气了。

35 小蛇探龙宫

突然，啪的一声，小蛇的尾巴抽到蛇王脸上。蛇王惊了一下，醒悟过来，连忙松开小蛇。

小蛇躺在地上，不停地扭动着身子，一脸的痛苦，好半天才猛咳两声，说：“爸，你的皮肤太粗糙了，勒得我疼死了！”

蛇王愣了一下，觉得很愧疚，就不自然地笑了笑，说：“好，我以后注意保养皮肤。”

“说话算数哟！”小蛇爬起来，往外游去，“我先到龙宫去了，回来要看到你的皮肤变光滑哦！”

蛇王呆呆地望着儿子消失在门外，又低头看看自己的皮肤，暗想：自古以来也没听说过蛇要保养皮肤的，他怎么就……

哦——蛇王恍然大悟，知道自己被儿子虚晃了一招。他不禁暗叹：看来，这儿子出息了，比他爹还厉害呢！

小蛇来到龙宫，发现大门是虚掩的，乐坏了，摇着尾巴就往里闯，头刚钻进去，就吓了一跳。

龙王正在发火，背对着门，手乱挥着。小青龙吓得直缩头，一眼看到了门口的小蛇，又不敢作声。

“真是气死我了，我作了什么孽呀，怎么落得这种下场？”龙王狠狠地用手指点着小青龙，“一个不肯认祖归宗，一个不学无术，难道我跟你妈妈辛辛苦苦积攒起来的龙脉，就这样断送掉了吗？”

小青龙缩成一团，一声不吭，只拿眼睛偷瞧门口。

龙王无奈地摇了摇头，说：“你看看，你这种魂不守舍的样子，我说再多也是白费口舌。从现在起，你给我好好练习打坐，这样可以保持定力。”

龙王说完，哗地转身，歪到自己的龙椅上，靠上去，远远地望着小青龙。

龙王无意中向门口扫了一眼，小蛇吃了一惊，连忙缩头到门外，找个角落躲起来。过了好一会儿，一点动静没有，小蛇又壮着胆子向门口摸去，探头一瞧，嘿嘿，小青龙正背对着门，盘腿打坐呢。龙王刚才发火，用了不少精力，现在已经靠在龙椅上睡着了，一串串泡泡时不时从他的嘴里冒出来。

小蛇不敢往里钻，眼球转了转，就回头找了一颗石子，用尾巴尖缠住，对着小青龙用力一甩。石子划过一道弧线，不偏不斜，正打中小青龙的后脑勺。

小青龙吃了一惊，连忙回头看爸爸。龙王是一副入睡的样子，他一向对小青龙严厉，不会玩假睡的恶作剧。

小青龙又转头看门口，见小蛇正憋住声儿笑得身子乱颤呢。他气不打一处来，轻手轻脚地起身，小心翼翼地靠近门边，侧着身子挤出去。小蛇正傻笑着等在门外。

小青龙一把抓住小蛇，拖到远处的岩石后面，狠狠地将小蛇转了三个大圈，啪地甩到石壁上。小蛇晕头转向，顺着石壁滑下来，身子着地，才开口：“你的见面礼太大了，我受不了哦！”

小青龙笑了一下，说：“你小子是专门跑来看我笑话的吧？告诉你，这就是下场！”

小蛇爬起来，把自己整理成形，才不慌不忙地说：“我可没心思来看你的笑话，我是想见小黄龙。”

“怎么，你也学会关心他了？”

“关心他？哈哈，我可没那心情。”小蛇为了套近乎，就故意凑近小青龙，小声说，“刚才我甩的那颗石子够准吧？比前两天是不是大有进步呀？”

小青龙猛地拍了一下小蛇的脑袋，说：“说了半天，你还是在看我的笑话！”

“别别，别误会。”小蛇忍着头疼，挤出笑，“我是想用这一招和小黄龙玩玩，看着他的脑袋被石子打得叮当响，你是不是会很享受呀？”

小青龙一想，是好事。自己早就想整小黄龙，可是，亲自出手吧，显得不够兄弟。现在好，让小蛇去做，我就当不知道。

想到这里，小青龙就压低声音对小蛇嘀咕了一阵。小蛇听得眉开眼笑。

小青龙先轻手轻脚地走进去，伸着脑袋看了一会儿，见龙王没有任何反应，只是冒泡泡，就回头招手。

小蛇一跃而起，扑棱棱甩动着尾巴就游了过去，划出一阵水响。

小青龙吓得咬紧嘴唇，等小蛇到了面前，猛地拍了一下他的脑袋，指了指龙王。小蛇疼得直咧嘴，也不敢叫出声。他知道自己错了，要夹紧尾巴，摇晃身子，无声地前行。

到了龙宫，小蛇东张西望，也没看到小黄龙。小青龙带路，七弯八拐，到了一个很隐蔽的洞口，才停下来，小声对小蛇说："他就在里面，你就进去好好地玩吧，我在外面望风。"

小蛇望望里面，有点害怕。但他必须咬牙进去，因为他这次来的目的就是探小黄龙的消息，如果不见到小黄龙，回去怎么说呢？

于是，他假装满不在意地冲小青龙摆了两下尾巴，就游了进去。还好，里面不算太暗，定定神就能看清四周了。

没游多远，栅栏挡住了去路。小蛇正想往里钻，突然看见小黄龙就卧在里面，一动不动。他吓了一跳，回头看看，没有谁可以求助。他只好壮着胆子清了清嗓子，喊："喂，你怎么还在睡觉呀？"

没有回音，也没有动静。

小蛇想起自己的本事，就用尾巴卷起一颗石子，呼地一甩，穿过栅栏，正打中小黄龙。

小黄龙还是没动。小蛇这回犹豫了，喊："喂，你是不是死了？"然后，他又一甩尾巴，石子打中了小黄龙的头。

"你才死了呢！"小黄龙抬起头，猛地喷了一口水。

小蛇一看小黄龙的脸，瘦得不成样了，心里一惊，不知说什么好，支吾半天，才问："你怎么把自己关在里面呀？"

"呵呵——这个问题我也没想清楚，大概得问龙王吧。"小黄龙身子又竖起了一些，一副瘦削的骨架撑起来。

小蛇有点糊涂了，说："龙王，他不是你爸爸吗？怎么会把你……"他自己也说不清现在的感觉。按理说，他应该看小黄龙的笑话，可不知怎么搞的，他觉得心里酸酸的。

小黄龙苦笑了一下，刚想说什么，突然，外面飞来一颗石子。没打中小蛇，但小蛇吓了一跳，刚准备对外面的小青龙喊话，就听见龙王的声音传了过来：“不成器的家伙，我打个盹的工夫你都坐不住，屁股上长了疮，是不是？”

小蛇知道小青龙是在投石子传信号，就连忙想转身往外逃，可刚到洞口，见龙王已经过来了。他又连忙掉过头，来到栅栏前，望着小黄龙。他知道只有小黄龙能帮他。

小黄龙点点头。小蛇就连忙钻进栅栏，藏到小黄龙身下。

外面传来小青龙的叫喊声，好像是挨了龙王的巴掌。小青龙哭着喊着走远了。龙王徘徊了几次，最终没有进来，哗啦啦走远了。

小蛇突然感觉特别别扭，自己怎么会和小黄龙挨到一块呢？连忙钻出来，不自然地说声谢谢，就要往外钻。

小黄龙说：“你现在出去就不怕龙王看见？”

小蛇犹豫了一下，说：“没事，我会神不知鬼不觉地摸出去的。”然后，就钻了出去。

他快速游到前厅，躲在岩石后面，伸头看，见小青龙正在打坐。他松了口气，用尾巴卷起一颗石子，扔过去。

石子落在小青龙的面前，可小青龙似乎没有觉察，仍一动不动地坐着，双眼微闭。

小蛇等了一会儿，没有动静，就壮着胆子抻长脖子看，没看见龙王。也许龙王出门了。他这么想着，就快速游出去。

可是，他没想到，就在岩石上方突然伸出一只手，死死地抓住了他。原来，龙王早就布好了陷阱。

小蛇一边挣扎，一边瞪着小青龙，喊道：“你，出卖我！”

小青龙这回也不打坐了，跳起来，说：“我没有，是你自投罗网的。你扔石子，我没反应，就是让你别出来，你偏出来了……”

龙王一手将小青龙打开，捏着小蛇，说：“哼，我就说我儿子怎么会这么没出息，原来是和你混在一起。真是跟龙学龙，跟凤学凤，跟着老鼠学打洞！”

小蛇被捏疼了，扭动着身子，说：“什么是老鼠？我没听说过，我也不会打洞……”

“我知道你没那能耐！”龙王把小蛇举到眼前，“不过，我警告你，龙宫不是你这种蛇能随便进来的，下次再让我碰见，就没这么便宜了！”

龙王一甩手，小蛇就飞出了龙宫。啪的一下，小蛇重重地摔在门外的岩石上，然后，又顺着滑到地上。

小蛇只觉得头晕目眩，爬起来，一边哭一边跑还一边说狠话：“有什么了不起？你个臭龙王，看你还能得意几天？你就等着，你给我等着……”

哗啦啦一下子，龙王突然往外冲出来，但并没有真的追赶。小蛇吓得不敢再作声，低头猛逃。不知逃了多久，估摸着离自己家已经不远了，他也觉得浑身无力了，就靠着一块岩石想休息一下。

可是，他还没把泡泡吐出来，就听岩石顶上哗啦啦一阵响。他暗叫一声：“不好，龙王追来了！”想逃，身子却抽筋似的，不能动弹。

36 乱闯龙宫

小蛇情急之下，把头钻进岩石缝里，不停地喊："爸呀，救我呀……"

小蛇闭上眼睛，等待着自己惨遭毒手。可是，好半天，并没有毒手，只是尾巴被轻轻地拨弄了两下。小蛇觉得奇怪，睁开眼睛回头一看，爸爸正一脸惊讶地盯着自己。

"石头缝里有什么可怕的东西吗？"蛇王舒拉丝不解地问儿子。

"没，没有。"小蛇很不好意思，偷偷用力伸了伸身子，恢复了一些知觉，"我是闹着玩的。"

"玩你个头呀！"蛇王用尾巴尖甩了一下小蛇的脑袋，"我等你等得心发焦，你知道吗？"

"你敲得我头发晕呀！"小蛇嘀咕着，不满地望着爸爸。

蛇王不理会儿子的情绪，直接问："情况咋样啊？"

小蛇抻了抻脖子，好像把刚才的不愉快都吞了下去，马上换了一副笑脸，把龙宫里的事情添油加醋地讲了一遍，主要不是说小黄龙怎么样了，而是说龙王怎样对自己凶。

蛇王一听，气得脑袋乱摆，说："龙王也太狂了点，打狗欺主，打儿欺父。他哪是在打你呀，明明是在藐视我嘛！"

小蛇要的就是这种话，连连点头，说："哼，他不让我进龙宫，我还不稀罕进去呢。龙宫算什么，乱七八糟，简直就是狗窝。他再用八抬大轿请我，我也不去了。"

"不，要去，总有一天，我要踏平龙宫！"蛇王流露出神往的眼神。

小蛇担心爸爸不是龙王的对手，就试探着问："你，现在就去踏平龙宫吗？"

"你以为龙宫是蛇蛋呀？想踩就能踩！"蛇王甩了小蛇一尾巴，"你直接去找鲨王，把刚才的话讲给他听，记住，一定要让雪隙听到。我去找莫迪随后就到。"

蛇王望着儿子嗖嗖远去的身影，暗笑：这回有一场大戏要上演了。

蛇王和莫迪赶到鲨王家，鲨王正在劝阻雪隙。雪隙带着哭腔说要去龙宫救亲亲。鲨王就说没事，龙王只是把他关几天，不会怎么样的，再怎么说，他也是龙王亲生的呀！

可雪隙就是听不进去，吵着闹着要往外冲。

小蛇一直在旁边观望，这时突然喊起来："别慌，我爸爸他们来了！"

鲨王回头一看，莫迪和蛇王都到了门口，就连忙把女儿推到里面，迎接他们。

雪隙也暂停哭闹，想听他们怎么商量。

莫迪一进门，就说："我们出兵吧，小黄龙被关起来了，正好伤不到他。那小青龙也是个胆小鬼，不经吓。剩下的就只有龙王了。这么多年来，我也没看出龙王有什么真本事，就算他有天大的本事，就凭他老态龙钟，也挡不住我们千军万马呀！”

鲨王一听到“老态龙钟”，心就像被扎了一下，因为他自己也老了。不过，老了就应该更冷静嘛。他想起小黄龙的叮嘱，说千万不要出兵。于是，他摇了摇头，说：“我们谁也没有真正了解龙王，这样轻易出兵，是非常危险的，搞不好，命都没了。”

蛇王摇晃着身子向前靠了靠，说：“龙王并非金刚不坏之身，就算他有一千个本事，也一定有一千零一个漏洞。我们只要抓住他的漏洞，就不怕治不了他。”

“漏洞？笑话，你知道他的漏洞在哪里吗？”鲨王不屑地斜了蛇王一眼。

蛇王并没有退缩，而是笑了一声，说：“我儿子都敢独闯龙宫，难道我们这些诸侯将相还不如一个小儿吗？不去和龙王短兵相接，怎么能找到他的漏洞？靠演绎推理吗？靠逻辑测算吗？”

鲨王觉得蛇王今天有点吃错药了，竟敢当面质问自己。他一时无语，瞪眼望着蛇王。

还是莫迪脑袋反应快，连忙上前解围，将蛇王挡到身后，笑着对鲨王说：“不急不急，你先考虑考虑，只要你一声令下，我们随时出动。”

鲨王压住火气，摆了摆尾巴，示意他们离开。莫迪就连忙推了蛇王一下，和小蛇一起告别了。

出了门，蛇王不服气，说：“他个老家伙有什么神气的？我看他早就该让位了……”

莫迪猛地撞了蛇王一下，止住他的话，说：“你是哪根筋搭错了？竟敢在他面前用起问句来了！显摆你的语文水平吗？我看你是活得不耐烦了吧？”

“我的语文水平没你高。”蛇王虽然撞疼了腰，还是忍痛强笑，“大权不都握在你手里了吗？还怕他什么？”

“你以为我是强盗，要从他手里抢王位吗？告诉你，我要的是他名正言顺地把王位让给我，让得心服口服。”莫迪得意地笑了笑，“再说了，瘦死的骆驼比马大。我现在要去强抢，老家伙急了眼，没准能反咬我一口呢。”

小蛇偷偷笑了一下，嘀咕：“当然，你们俩加一块，也不是他的对手。”

“你说什么？”蛇王正有气没处放，尾巴一扫，瞪着儿子。

小蛇连忙说：“我是说，我们就别争论了，先回家休息吧！”

莫迪说：“嗯，他说得对，回家，再见机行事。”

再说雪隙，一直生气，怪爸爸不救亲亲。她也记得亲亲说过，不要轻举妄动，可是，现在情况不一样了，是亲亲被关押起来了，而且被折磨得瘦骨嶙峋。她担心再不救，亲亲可能会有生命危险。

争也没用，爸爸态度坚决，堵在门口，不让女儿出门。

雪隙也开始绝食，没精打采地躺在家里，一边吐着泡泡，一边想着心事。爸爸一点办法也没有，只能每天像服务生似的小心伺候她。

没几天，古迪就把自己训练成了一名称职的服务生。一会儿，他跑到床边问女儿要不要起来走走。没有回答。他又准备好一盘子食物，端过去，问要不要吃一点东西。没有回答。他就把盘子放在床边，过一会儿，再去看，食物一点没动。他只好自己吃掉。

一来二去，古迪累得够呛。这天，他又在床边劝女儿吃东西，口舌费尽，没有一点效果。他实在困了，就趴在床边睡着了。

一觉醒来，古迪刚准备伸个懒腰，突然就僵硬了。因为他看见床上空了，连忙转头一望，没见女儿的影子。坏了，她跑出去惹祸去了！

他浑身冒冷气，连忙往龙宫赶。等到了龙宫，事情已经闹大了。雪隙已经闯进了龙宫，正在和龙王大声争吵。

古迪连忙跟进去，上前拦住女儿，说："谁叫你来的？快跟我回家！"

雪隙不听，梗着脖子，盯着龙王，说："我要见亲亲，他凭什么不让？亲亲明明是我们家的，他凭什么关起来？"

古迪一时也说不清，只能低声劝阻女儿："我们回家再说，好不好？"

"不好，我要带亲亲一起回家！"雪隙大声嚷嚷。

龙王显然很不高兴了，一脸怒气盯着古迪，说："龙是龙，鲨是鲨。我早就说过了，怎么到现在还混淆不清呢？"

古迪愣了一下，也来火了，说："话虽这样说，可是，亲亲是在我们家长大的呀。事到如今，难道都是我的责任吗？"

"你是在和我谈责任吗？我想，我要说的是事实。你应该明白。"龙王压住火气，摆出威严的神态。

"事实就是这样，鲨也有情感，并不比龙低一等呀！"古迪也不示弱。

龙王冷笑了两声，说：“你恐怕还想说，鲨应该比龙高一等才对吧？你的心思从来就没变过，我给过你机会，可是，你不知悔改。”

古迪不知龙王在胡说什么，气得大喊：“我的心思怎么了？我就是想让我女儿平安，有错吗？”

“你恐怕要的不仅仅是这一点点吧？否则，你也不会带来千军万马。”龙王脸朝门外，眯缝起眼睛。

古迪连忙回头看，吃了一惊。莫迪带着部队从左边压了过来，蛇王带着部队从右边压了过来，一股巨大的阴影把龙宫罩住了。

古迪连忙解释：“这，这不是我带来的，我，一直按亲亲说的做……”

“是亲亲让你带来的？”龙王突然抽动了一下，觉得心尖发疼，“果然不出我，所，料！”

“不，不是，现在都乱了，容我慢慢解释……”古迪感觉事态无法收拾了。

龙王冷笑了两声，说：“慢慢？等我被你们活捉了，再听你解释吗？”

“不，不，我不是那个意思……”古迪觉得自己就算浑身长嘴，也说不清了。

“鲨王，少跟他废话，我们一切听你口令！”莫迪已经冲进龙宫，后面还跟着蛇王。

龙王突然哈哈大笑，说：“弦儿，你躲远一点，免得伤着。”

一直躲在龙宫看热闹的小青龙，这时才有说话的机会，大声喊："没事，我这里很安全！"

然后，就听哗啦啦一阵巨响，龙宫门外瞬间冻结了，所有的鲨鱼和蛇都被冰包裹得严严实实，动弹不得。

莫迪和蛇王回头一看，惊得目瞪口呆。

龙王不慌不忙，又笑了两声，说："别怕，冰进不来的。也就是说，海里就剩下我们几个还能动弹。"

蛇王心惊肉跳，但还是挤出笑，说："这，太，太神奇了，你，你怎么会……"

"怎么会事先有准备的，是吧？这得感谢你的儿子呀。"龙王笑了两声，"他来我这里探听虚实，临走的时候，发下狠话，说看我还能威风几天。一个小孩子说出这种话，一定是有大事要发生了，不是吗？"

"原来是这个小杂种出卖了我们，看我回去怎么收拾他！"蛇王咬牙切齿。

龙王却轻笑着，说："不，你已经回不去了。你们将享受同样的待遇。"说着，他就伸出手掌，一股寒气冒了出来。

寒气直逼过来，瞬间笼罩了鲨王、蛇王、雪隙和莫迪。他们的身上开始结出一层薄薄的冰，冰层越来越厚，吱吱直响。用不了多久，他们就会和外面的那些鲨兵蛇将一样，被厚重的冰层包裹。

莫迪突然大喊："慢，我有话要说，有海大的秘密要告诉你！"

龙王一愣，收住寒气。

37 亲亲修炼

“你想知道这次行动的主谋是谁吗?”莫迪拼命扭动身子，挣破了冰层，一脸讨好地望着龙王。

鲨王气得浑身发抖，几下就抖掉了身上的冰，逼到莫迪面前，说：“你想反咬一口，说是我让你来的吗?你这个卑鄙无耻下流的家伙，你的野心我早几百年都清楚了。当初是你害死了我的妻子，我故作糊涂，忍气吞声，不过是想着你还有一点利用价值。不错，我是一直想取代龙王，你不也一直想取代我吗?你表面说为我训练部队，其实部队全部掌握在你的手里，你是想达到你自己的目的。为了架空我，你暗算了我所有的亲信，吃了他们的肉，把他们的骨架丢在山洞里。你以为我真的老糊涂了吗?”

莫迪吓得不停地向后退，突然咯吱一声响，他吓了一跳，回头一看，原来他把蛇王身上的冰撞破了。蛇王摆动着身子，说：“哎哟，冷死我了。”

莫迪没理会，一尾巴将蛇王扫到一边，脸不停地抽动着，终于挤出笑，对鲨王说：“你，你说的都没错，可是，这次你说错了。我没有反咬你一口，我是说，这次行动都是小黄龙一手策划的。”说着，他偷偷地向鲨王使了个眼色。因为他想把所有的罪责都推给小黄龙。

鲨王和雪隙都很吃惊，瞪大眼睛望着莫迪。龙王也很吃惊，向前欠了一下身子，问："此话当真？"

"有半句假话，天打五雷轰！"莫迪为了保住自己的性命，就咬牙发毒誓。

龙王望了望鲨王，鲨王一头雾水，直摇头。

莫迪怕穿帮，连忙向龙王面前凑了凑，说："小黄龙年龄不大，但心机很深。他一直就想夺取你的王位，又苦于小青龙是法定继承者，所以，他就找到我，让我帮他。他说只要他夺得龙王的位置，就让我享尽荣华富贵。他还说他现在潜伏在龙宫，正好卧底，时机一到，来个里应外合……"

龙王越听越气，一甩手，将莫迪打倒在地，莫迪动弹不得。他用抖动的手指着莫迪，说："你们，没有一个好东西，我让你们都不得好死！"

雪隙在一边喊："龙王，你不要相信他，亲亲不是那样的，你应该了解的。"

"太复杂了，我无法了解，我谁也不想相信！"龙王手掌前伸，"你们都必须付出代价！"话音未落，冷气又冒了出来。

小青龙一直躲在一边，心惊胆战地伸着脑袋偷看，生怕伤到自己一片鳞。这时，爸爸再次释放寒气，他知道中冰者都将封冰千年。封了谁，他都不会在意，可是，雪隙要被封存起来，就太可惜了。他一直暗暗地喜欢着雪隙，做梦都想和雪隙在一起。

在冰层渐渐加厚的时候，小青龙觉得自己不能再犹豫了，突然冲了出来，把雪隙拉到身后，说："不要冰冻她！"

龙王纹丝不动，专心放冷气，就像一切都在他的掌控之中。

雪隙脱离了寒气，并没有丝毫庆幸，而是挣扎着，想去救爸爸。可是，小青龙死死地抱住她不放。雪隙一时急火攻心，晕死过去。

她醒来的时候，面前已经是一堵冰墙，爸爸、蛇王和莫迪都封存在里面，成了标本。她冲上去，想把爸爸救出来，可是，冰太厚了，根本撞不动。

她无力地贴着冰块，抽泣着："爸爸，是我害了你呀！"

小青龙一直游守在她身边，试探着伸手过去，轻轻拍拍她的背，想安慰一下。

可雪隙一点也不领情，用力甩了一下尾巴，厌恶地盯着他，说："请你离我远一点，行吗？尊敬的龙公子！"

"其实你一点也不尊敬我，你讨厌我。我都知道。"小青龙露出一脸的委屈。

雪隙冷笑一声，说："哦，你还知道什么？"

"当然，还知道，你只愿意跟小黄龙做朋友。"小青龙说这话时，牙齿就咬了起来。

听到咬牙的声音，雪隙倒清醒了许多，这才想起，自己是为亲亲而来的。她定了定神，默默地和冰层里的爸爸道别，转过身来，说："你都说对了，现在请你带我去看看亲亲吧。"

小青龙愣了一下，连忙摆手，说："不行不行，他，在龙宫，很深的，不能……"

"好了，你不肯带路，我自己去。"雪隙说着，就要往前游。

小青龙伸手挡住，说："不是我不带路，是我爸爸不让进去……"

“谁说的？”龙王的声音突然从龙宫传来，“让她进来，我正好有事了断！”

小青龙笑了笑，说：“我爸爸刚刚改变主意的，请进吧！”说着，做了个请的手势。

雪隙没有理会，直接游了进去。小青龙也知趣，只是远远地跟着。

相比自己的住处，龙宫确实太大了，她一边往里游，一边暗暗告诫自己，要镇定，现在是要去见亲亲，他是她唯一的依靠了。

雪隙一直游到龙王面前，也没见到亲亲。雪隙奇怪地望着龙王的嘴，好像里面刚吞下了什么似的。

龙王咧了咧嘴，说：“你别急，我不会阻止你们见面的。但你必须按我说的做，否则，一切告吹！”

雪隙没有犹豫，点了点头。

龙王这才冲小青龙挥了一下手，说：“去，把他放出来。”

小青龙应了一声，就绕到龙王身后去了。

雪隙这才看见龙王的身后有一个洞，里面很暗，什么也看不清。小青龙钻进去，啪啪啦啦的开门声传出来。又是一阵哗啦啦的响动，好一会儿，小黄龙才出现在洞口。

雪隙差点晕厥过去。她曾一百万次地想象过亲亲瘦弱的样子，但就是没有想到会是这种样子，简直疼到心尖。

她冲上去，轻轻地用头贴着亲亲，小声说：“你，受苦了……”眼泪哗地就涌了出来。

亲亲拍着雪隙的后背，轻声安慰：“没事，这不是好好的吗？”

龙王静静地等了一会儿，见雪隙抬起头来，就对她说："我理解你的感受，所以，我才叫你来。想要他出去，你就必须留下来。"

雪隙点点头。

亲亲拉了她一下，说："不行，怎么能让你……"

"我愿意！"雪隙坚定地望着亲亲。

亲亲躲开她的目光，对龙王说："不，她答应不算，我不能把她留在这里，自己一走了之。"

"你当然不能一走了之。"龙王不动声色地转头向外走，"你跟我来看看。"

亲亲跟着龙王走到大厅，一下就傻眼了。厅里冰封着古迪、莫迪和舒拉丝，门外，成千上万的鲨鱼和蛇都被厚厚的冰层封冻着。他简直不敢相信自己的眼睛，回头望着龙王，一脸惊讶。

龙王压住心中的火气，说："这一切都是因你而起，也只有你能解救他们。"

"我，怎么解救？"

"出龙宫向西，千里之外，会有一座冰山突出海面。你必须在山中潜心修炼，为自己所做的一切赎罪。没有我的指令，不得离开。"龙王已经早有准备了。

雪隙不满地问："亲亲做错了什么？要他赎罪？"

"现在不是争论，是执行。"龙王盯着亲亲，"你只有执行，我才能保证雪隙的安全。"

亲亲望了雪隙一眼，暗叹了一口气，对龙王说："好，我答应。"

龙王眼睛一眯，说："好吧，启程！"

雪隙哭喊着冲过来，却被小青龙一把抓住。

亲亲强忍着心痛，说："放心，我一定会回来的！"然后，一转头，冲出龙宫，向西而去。

身后传来雪隙撕心裂肺的哭喊："我，等你，亲亲——"

喊声还在耳边，亲亲已经被冰山高高托起。从此，海面出现了第一片陆地。

这片陆地终年积雪，寒冷无比。亲亲就被一层又一层的雪覆盖着，眨眼间，不知过了几千万年。

几千万年之后，积雪开始融化，渐渐暴露出褐色的土地，形成了突起的山峰。但这山峰光秃秃的，寸草不生。

又不知过了几千万年，这山峰上有了一点绿色，开始是小草，然后是荆棘，最后长出了参天大树。

亲亲突然觉得这种景象似乎见过，细想了想，终于想起了奇幻海角的老乌龟归元，不禁暗暗吃惊称奇。

那时，只有他和雪隙进入过奇幻海角。不知雪隙看到这番景象，会惊讶成什么样子？

想到雪隙，他突然觉得时间已经过去很久了，久得就像向东望那茫茫的大海，怎么也望不到头。

有时候，他甚至已经记不清以前和雪隙在一起的许多事情了，好像是这样，又好像是那样，想来想去，就觉得不真实了。他吓了一跳，难道那些遥远的过去，都只是个传说吗？

传说？呵呵，可笑的想法。如果都是传说，他怎么会到这里？他很清楚自己日复一日地潜伏在这里，就是为了等待龙王的召回令。他一直清楚地记得，自己不能违抗，因为雪隙的安危就掌握在龙王手里。

可是，龙王为什么迟迟不发指令，甚至音信全无。难道龙王已经忘了自己的承诺。

亲亲有了隐隐的担忧，担忧自己被遗忘，担忧自己真的成了一个传说。